CORRUPTO!

JÚLIO EMÍLIO BRAZ
ilustrações de ANDRÉ ROCCA

© EDITORA DO BRASIL S.A., 2016
TODOS OS DIREITOS RESERVADOS
Texto © JÚLIO EMÍLIO BRAZ
Ilustrações © ANDRÉ ROCCA

ESTE LIVRO FOI LANÇADO ANTERIORMENTE PELA EDITORA LAROUSSE DO BRASIL, EM 2007.

Direção geral: VICENTE TORTAMANO AVANSO
Direção adjunta: MARIA LUCIA KERR CAVALCANTE DE QUEIROZ

Direção editorial: CIBELE MENDES CURTO SANTOS
Gerência editorial: FELIPE RAMOS POLETTI
Supervisão de arte, editoração e produção digital: ADELAIDE CAROLINA CERUTTI
Supervisão de controle de processos editoriais: MARTA DIAS PORTERO
Supervisão de direitos autorais: MARILISA BERTOLONE MENDES
Supervisão de revisão: DORA HELENA FERES

Coordenação editorial: GILSANDRO VIEIRA SALES
Assistência editorial: PAULO FUZINELLI
Auxílio editorial: ALINE SÁ MARTINS
Coordenação de arte: MARIA APARECIDA ALVES
Design gráfico: CAROL OHASHI/OBÁ EDITORIAL
Coordenação de revisão: OTACILIO PALARETI
Revisão: OTACILIO PALARETI
Coordenação de editoração eletrônica: ABDONILDO JOSÉ DE LIMA SANTOS
Editoração eletrônica: ARMANDO F. TOMIYOSHI
Coordenação de produção CPE: LEILA P. JUNGSTEDT
Controle de processos editoriais: BRUNA ALVES

Dados Internacionais de Catalogação na Publicação (CIP)
(Câmara Brasileira do Livro, SP, Brasil)

Braz, Júlio Emílio
   Corrupto!/Júlio Emílio Braz; ilustrações de André Rocca –
São Paulo: Editora do Brasil, 2016. – (Série toda prosa)

   ISBN 978-85-10-06193-3

   1. Ficção juvenil I. Rocca, André. II. Título. III. Série.

16-04208   CDD-028.5

Índice para catálogo sistemático:
1. Ficção: Literatura juvenil   028.5

1ª edição / 3ª impressão, 2023
Impresso na **Forma Certa Gráfica Digital**

Rua Conselheiro Nébias, 887
São Paulo, SP – CEP: 01203-001
Fone: +55 11 3226-0211
www.editoradobrasil.com.br

"É ALGO ATERRADOR... OUVIR OS CRIMES MONSTRUOSOS QUE SE COMETEM DIARIAMENTE E ESCAPAM SEM PUNIÇÃO... NÃO IMPORTA O TAMANHO DAS ACUSAÇÕES QUE POSSAM EXISTIR CONTRA UM HOMEM DE POSSES, É SEGURO QUE EM POUCO TEMPO ELE ESTARÁ LIVRE. TODOS AQUI PODEM SER SUBORNADOS. UM HOMEM PODE TORNAR-SE MARUJO OU MÉDICO, OU ASSUMIR QUALQUER OUTRA PROFISSÃO, SE PUDER PAGAR O SUFICIENTE. FOI ASSEVERADO COM GRAVIDADE POR BRASILEIROS QUE A ÚNICA FALHA QUE ELES ENCONTRARAM NAS LEIS INGLESAS FOI A DE NÃO PODEREM PERCEBER QUE AS PESSOAS RICAS E RESPEITÁVEIS TIVESSEM QUALQUER TIPO DE VANTAGEM SOBRE OS MISERÁVEIS E OS POBRES. "

EXTRAÍDO DO DIÁRIO DO NATURALISTA CHARLES DARWIN COM BASE EM ANOTAÇÕES FEITAS SOBRE O BRASIL E OS BRASILEIROS, DURANTE SUA PASSAGEM E ESTADIA NO RIO DE JANEIRO, NO DIA 3 DE JULHO DE 1831.

ONTEM MES
MO ELE ESTA
VA ESCREVEN
DO O TEXTO
QUE GOSTARIA
QUE COLOCAS
SEM EM SUA
LAPIDE. NAO,
NAO UM OBI
TUARIO, MAS
UMA OU OUTR
FRASE PARA
ENFEITAR A

Ontem mesmo ele estava escrevendo o texto que gostaria que colocassem em sua lápide. Não, não um obituário, mas uma ou outra frase para enfeitar a bela lápide que, imagino, ele já deve ter encomendado, pois é bem a cara dele – Senhor Certinho, tudo planejado, nada ao acaso, esse tipo de coisa.

Dá pra acreditar? Ele estava pensando no futuro, ou melhor, no fim, em sua morte, que, como acredita (e não está só neste sombrio diagnóstico), é o seu futuro. A morte ou a vergonha, que, para ele, dá no mesmo.

PERDOE-ME POR NÃO ME LEVANTAR.

Não gostou do primeiro. Engraçado, e ele não estava para graça nos últimos tempos. Rabiscou-o com força, crítico.

FALE BAIXO. TEM GENTE DESCANSANDO.

O segundo aproximou-se um pouco mais de sua rabugice atávica. Mesmo assim não o agradou inteiramente e ele também rabiscou-o.

NÃO PERTURBE!

Ah, desse ele gostou. Era a sua cara. Burocrática. Aferrada a papéis e firmas reconhecidas. Sucinto. Seco. Até mal-humorado. Premeditadamente mal-humorado, eu diria.

Foi aprovado.

Ele o deixou sobre a mesa com outros de seus últimos pedidos, que vinham transformando a nossa vida num inferno desde que o pegaram.

Pegaram? Como pegaram? E quem é ele?

Ele é meu pai e esta é a sua história.

CONSTRANGIMENTO

Poucas coisas na vida conseguiram ser tão desagradáveis. Não se lembrou de nenhuma delas naquele momento. Sentiu-se estranho, indescritivelmente estranho. Não pensava. Parecia haver uma máquina perversamente eficiente funcionando sem parar em algum lugar dentro de sua cabeça e esmerando-se na única tarefa de despojá-lo de toda e qualquer consciência, destruindo cada pensamento, cada reflexão mais profunda, cada questionamento que fizesse. Perguntas mergulhavam no abismo negro daquela progressiva inconsciência, naquele desagradável entorpecimento, e desapareciam como se jamais tivessem sequer sido propostas. Tenazes poderosas agarravam-se a ele e o rasgavam em inúmeros pedaços, cada vez menores, sempre menores, microscópicos depois de um certo tempo. Não imaginava o que fosse e como começara. Apenas começara. Era algo assim como aquele murro que se leva numa briga entre estranhos, numa confrontação alheia. Tinha a sensação de estar sendo observado e não ser capaz de identificar o seu observador.

No caso dele ainda era um pouco pior. Avassaladoramente esmagador. Herbert sentia-se à mercê dos olhares de todos. Tudo começara com o noticiário. Rádio. Televisão. Jornais, principalmente os jornais e as revistas. Primeiro alguém trouxe o jornal de casa e aquele jornal foi se multiplicando, eternizando-se nas mãos, indo de cá pra lá, de lá pra cá, num vaivém constrangedor, mas constante. Sempre tinha um em seu caminho e, junto com ele, os olhares, os risinhos, o exagero que acompanhava a falsidade das mesuras e solicitudes de alguns.

Herbert constatou a mudança e sentia-se pouco à vontade diante dela, vendo-a crescer em torno de si como um mar silencioso, mas implacável, que avança numa maré destruidora, os castelos de areia ruindo um após o outro, diluindo-se na força maior do silêncio.

"Castelos de areia..."

Era uma imagem frequente em sua cabeça. Seu mundo, um imenso castelo de areia, desmoronando. Primeiro as torres de alienação. Depois, os muros intransponíveis de uma felicidade que prometia ser interminável. O que o mar de jornais, revistas e sorrisos zombeteiros não tinham destruído havia sido entregue à sanha da indiferença e do desprezo, que apareciam sempre que um amigo desmarcava um encontro ou fingia não o conhecer.

Nada, no entanto, o incomodava mais do que aqueles olhares intermináveis que pareciam segui-lo em todas as direções, vindos de todos os lados. Terríveis, os olhos das pessoas cortavam como lâminas afiadas e atingiam-no em golpes cada vez mais profundos. Profundos como a decepção com uns. Como a arrogância de outros. Armas temíveis eram aqueles dedos que apontavam e os olhos que feriam mortalmente com desprezo.

Sentia-se mal consigo mesmo. Deixara o sorriso e a despreocupação na mesma página da agenda onde também abandonara a festa de aniversário de Nessa, no mesmo dia em que a foto de seu pai, uma foto velha e feia, perdida em algum arquivo de jornal, apareceu na televisão. O primeiro dia de um inferno de vergonhas cotidianas crescentes.

POLÍCIA PRENDE O MAIOR FRAUDADOR DA PREVIDÊNCIA!

Mesmo ruim, a foto era de seu pai. Os telefonemas vindos de todos os lados, estrondeando interminavelmente casa adentro por dias e noites de crescente humilhação, deixaram pouca margem para qualquer dúvida de que muita gente o tinha reconhecido. Herbert tinha aquela manchete de jornal gravada em letras enormes e flamejantes na cabeça. Para qualquer lado que virasse, encontrava-se ardendo nas chamas de condenações até beligerantes ou de indulgências cercadas de evidentes segundas intenções.

Alguns, principalmente nos primeiros dias, ainda o paravam e perguntavam:

– É verdade que seu pai?...

Muitos eram inacreditavelmente cínicos:

– ...não acredito...

Outros, mais ousados:

– Tá todo mundo metendo a mão mesmo, né? Que mal há em...

A maioria, contudo, preferia o silêncio. Entrincheirada atrás de seus sólidos muros de incontornável ética e retidão de caráter, ficava atirando pequenos, mas mortíferos, dardos acusatórios, olhares implacáveis, ou o envolvia num cerco protetor de onde ele não saía... Parecia preso numa prolongada quarentena, possuidor de uma doença potencialmente perigosa, contagiosa mesmo, que, sabe lá Deus como, ele adquiriu.

Doía. Herbert sentia-se injustiçado. Gostaria de dizer tudo o que estava sentindo, pôr pra fora aquele caos enlouquecedor que eram seus pensamentos, abrir-se com alguém... quem sabe, até chorar!

Ninguém estava interessado. Apenas Nessa o ouvia, mas mesmo ela não conseguia alcançá-lo, chegar até onde ele estava, no meio de tanta dor e solidão. Ela sorria. Dizia meia dúzia de clichês e tudo acabava num beijinho, naqueles amassos, tipo deixa pra lá e vamos ver como é que fica, que em nada ajudavam e nada resolviam.

Na verdade, ele não sabia se queria resolver alguma coisa. Nem sabia se poderia fazê-lo. De um momento para outro, sua casa se transformara num pequeno arquipélago de ilhas atormentadas e assustadas diante de um maremoto grandioso. Mal se falavam. O silêncio era a norma. Nada era comentado. Sua mãe vivia indo às lojas e shoppings, e a irmã desaparecia em casa de amigas, algumas recentes. O pai confinara-se num silêncio permeado pela cautela ou pelas horas intermináveis pendurado ao telefone, conversando com infinitas vozes, muitas delas desconhecidas.

Andavam com os nervos à flor da pele. A relação familiar transformara-se numa guerra intermitente de gritos e empurrões, de olhares ferozes e reclamações. A confrontação mais violenta pairava como uma ameaça iminente sobre territórios nervosos.

CORRUPTO!

Alguém rabiscara no portão da garagem de sua casa. O pai apagou. No dia seguinte, as letras tinham se tornado denunciadoramente vermelhas e ainda maiores, gritando aos quatro cantos:

AQUI MORA O CORRUPTO!

Novamente apagaram. Novamente escreveram:

É CORRUPTO SIM!

Ninguém mais se preocupou em apagar. Não valia a pena. Aquelas lembranças lhe vieram à mente numa avalanche incontrolável e não havia nada que pudesse fazer para impedi--las. Resignara-se a recebê-las, uma após a outra, como um filme conhecido, uma dor cotidiana, enquanto a professora lá na frente começava a falar. Lembrou-se vagamente das primeiras palavras – algo a ver com a renúncia do primeiro presidente eleito democraticamente em mais de vinte anos, do mar de lama e corrupção que foi seu governo e...

De um momento para outro, não ouviu mais. Sentiu-se mergulhado num delírio, numa ilusão apavorante e sem som, na qual a voz dela não o alcançava. Ela abria a boca. Palavras escorriam numa cascata coerente e absolutamente racional por seus lábios finos e ligeiramente caídos. Nenhum sentimento visível em seu rosto. Nada. Apenas o desejo sincero de discutir um tema que mobilizava a sociedade (palavras dela) e de compreender os mecanismos obscuros que regiam o poder no país. Ela falava como candidata a alguma coisa ou como frequentadora assídua de qualquer reuniãozinha partidária, pensou Herbert, a raiva aparecendo pela primeira vez em seu coração. Esperou que ela abrisse algum jornal em que o rosto de seu pai aparecesse bem na primeira página.

...Uma foto melhor, talvez bem recente, constrangedoramente recente (aquela em que ele saía da repartição pública onde trabalhava, escoltado por dois enormes agentes federais escondidos atrás de lentes negras de espalhafatosos óculos escuros, estaria ótima. Bom, também tinha aquela dele na festa de aniversário do senador Abobrinha, a outra no convés do iate do vitorioso deputado Beltrano ou mesmo a antiga no quartel, bem ao lado do atual vice-governador Fulano de Tal).

Um calor crescente e abrasador varreu seu estômago. Sentiu o rosto enrubescer e o suor ensopou sua camisa nas costas. Uma secura estranha na boca. Os olhares dos alunos começaram a procurá-lo no fundo da sala. Todos, de uma só vez. Coordenados e implacáveis. Vagarosamente (ou seria impressão sua, parte daquela ilusão delirante em que se transformara sua vida nos últimos dias?), rostos distorcidos pelo cinismo e pelo desprezo, carrancas ferozes, carrancas sarcásticas, pena e compreensão num ou noutro olhar.

Viu-se encurralado. Olhos. Olhos. Muitos olhos. Mais olhos. Todos os olhos. Olhos demais. Todos os muitos olhos fixos em si. Identificando-o. Condenando-o. Dizendo coisas. A professora, vítima de um constrangimento maior do que o seu, surpreendida, a culpa nos olhos, os únicos que não conseguiam fitar Herbert.

– Os pecados dos outros são sempre maiores do que os nossos...

Suas palavras, aquele derradeiro gesto para livrá-lo de tantos olhares e de tantas acusações, perderam-se no pesado silêncio da sala. Entregou-se, impotente para fazer qualquer coisa... O olhar penalizado procurando angustiadamente Herbert – um tolo e inútil pedido de desculpas que se eternizava em melancólica expectativa, como se esperasse que ele levantasse com um sorriso idiota na cara e dissesse:

"Ah, tudo bem, 'fessora'! Todos nós cometemos erros... enganos, é, enganos fica melhor... É, foi apenas um engano... você está perdoada... tá sim, tá sim..."

Herbert não disse nada. Nem olhou para ela. Levantou-se bem devagar, os olhos, sempre os olhos, acompanhando-o.

– Eu gostaria de sair, dona Regina – disse, os olhos como que cravados no braço da cadeira em que até então estivera sentado. – Posso?

Encarou-a. Piscava nervosamente (tinha de fazer alguma coisa, e bem depressa, para controlar as lágrimas que golpeavam, transbordantes, as represas frágeis de suas pupilas infelizes) e não olhou para mais ninguém, tenso, apertando o maxilar com raiva até que ouviu os dentes trincarem.

– C-C-Cla-Cla-Claro, Herbert... – constrangimento de parte a parte.

Herbert atravessou a sala sem pressa, passos curtos, olhando para a frente, para ninguém, em nenhuma outra direção. Saiu. De certa forma, aqueles olhos continuaram em seus calcanhares, fixos em suas costas, queimando sua alma. Vergonha. Seus livros e cadernos ficaram abandonados debaixo da carteira.

CONFLITO

Cecília sempre fora uma mulher frágil e delicada. Não, não eram apenas o tamanho e a magreza que conferiam a ela o aspecto frágil. Sempre fora uma menina magra, muito branca e silenciosa. Não gostava de comer. Lia muito. Via muito televisão. Crescera daquela maneira e a fragilidade com ela, com aqueles olhos úmidos e medrosos. Os cabelos curtos e dourados faziam a cabeça parecer ainda menor, de um formato oval praticamente perfeito.

Era naqueles olhos estranhamente longínquos e quase sempre indecisos, de uma inocência muitas vezes acabrunhante e, noutras, simplesmente cativante, que residia a fragilidade, algo bem antigo e conhecido, mas que ultimamente ela vinha escondendo da notoriedade indesejada atrás das lentes dos óculos escuros.

Sempre fora uma mulher assustada. Intimidada. Apagada, como diziam e repetiam maldosamente suas irmãs com indisfarçável prazer quando ainda dividiam o quarto e viviam em permanente conflito – uma guerra injusta da qual sempre saía derrotada. Os pais a cercavam de mimos e de uma proteção que mesmo aos trinta e nove anos ela queria de todos.

Naquele momento, Cecília procurava alguma ajuda, qualquer tipo de proteção, apoio, fosse o que fosse. Sentia-se sufocada, mas aquele sentimento não era para ela nenhuma novidade. Já não havia nenhum lugar em que se sentisse bem. O mundo apontava seus dedos acusadores para ela. O telefone tocava sem parar em seus ouvidos. Vozes anônimas, palmatórias do mundo, gritavam palavrões, ameaças e diziam bobagens sempre que ela atendia. De quando em quando, batia de frente com uma foto do marido na banca de jornal, na capa de uma revista, nas telas de todas as televisões. Vizinhos apareciam apenas para acenar e dizer cinicamente:

– Vi seu marido ontem na televisão!...

Quisera voltar pouco depois que entrou no supermercado. A sensação de desamparo e abandono atingiu-a em cheio logo que transpôs a porta e empurrou o carrinho para dentro de uma das alamedas espremidas entre prateleiras multicoloridas de produtos. A antipatia dos olhares em torno dela envolveu-a bruscamente num torvelinho de beligerância e silêncio. A sensação de esmagamento foi simplesmente inevitável.

Estava só para enfrentar aqueles olhares terríveis. Bastava aparecer num dos corredores empurrando o carrinho para que todos se voltassem curiosamente para ela. Risinhos sarcásticos eram trocados pra lá e pra cá.

Apanhou tudo apressadamente. Mal percebeu o que colocara no carrinho. Encaminhou-se para a caixa. A mocinha sorriu estranhamente depois que registrou em sua máquina os produtos comprados.

– Dinheiro ou cartão? – perguntou.

– Hein? – assustou-se Cecília.

– Eu perguntei se vai pagar com dinheiro ou com cartão, senhora. – Os lábios da moça torceram-se zombeteiramente como se ela ainda tivesse acrescentado:

"Vocês ainda têm muito daquele dinheiro que roubaram da gente, não têm?"

– D-D-Di-Di-Dinheiro... – Cecília conseguiu apenas gemer, num fio de voz.

Foi uma experiência muito desagradável para ela. Já havia passado horas intermináveis chorando. Como chorara! Chorara muito naqueles últimos dias, desde que o marido fora preso...

CORRUPTO!

Era o que diziam quando se referiam ao seu marido. Ele nunca fora grande coisa, mas tinha ambição e contatos. Casara-se com ele apenas para dar satisfação à sociedade e aos pais e, principalmente, para fugir das irmãs. Aquelas assustadoras máquinas de fazer sucesso e de eficiência neurótica. Gostava dele. Amar era outra coisa, algo que não sabia bem se já havia experimentado antes. Dera-lhe dois filhos. Respeitava-o. Identificou como amizade aquele sentimento que ainda conseguia mantê-los juntos numa convivência tolerável. Numa ou noutra ocasião, admitia, chegara a pensar em sair pela porta de casa e nunca mais voltar, dar sentido à própria existência.

Mas fazer o quê? Pra onde ir? Atrás do que exatamente correria?

Ficava. Acabava sempre ficando.

Logo depois que se refez do choque provocado pela repentina aparição do marido na primeira página do jornal...

PRESO O MAIOR FRAUDADOR DA PREVIDÊNCIA!

...pensou realmente em fugir, ir embora, correr para mais distante possível de todo aquele escândalo. Como sempre, faltou coragem. O telefonema da mãe (ela mais chorou do que realmente falou e só ficava repetindo "Minha filhinha... pobre da minha filhinha..." até que Cecília desligou) fechou-lhe aquele caminho de fuga. Deixou-a indecisa. Uma das irmãs apareceu em sua porta apenas para dizer-lhe coisas horríveis e Cecília ficou indefesa diante dela. Se não fosse pelo marido que apareceu e expulsou a irmã aos gritos, numa discussão que atraiu a atenção da rua inteira e a matou de vergonha, ela ainda estaria ali, dizendo tudo aquilo que outros tantos continuaram dizendo em jornais, revistas, rádio e televisão por mais de uma semana. A outra irmã sequer apareceu ou ligou. Abandonou-a. O pai ligou apenas para perguntar autoritariamente:

– Então, o que significa tudo isso?

Preocupado com os netos.

Nunca se sentiu tão imensamente só como naqueles últimos tempos.

O marido ia e vinha como um fantasma, rabugento, nervoso, calado e rancoroso. Herbert andava pelos cantos, cheio de olheiras e com a cara de quem carregava todos os pecados do mundo nas costas magras como as dela. A filha Denise parecia distante de tudo e só queria saber de comprar, gastar e se divertir com a sua adolescência. Estava namorando e sabe-se lá mais o quê. Os amigos desapareceram. Na verdade, não eram tantos assim.

DESCARAMENTO

Denise já estava cansada daquilo havia tempos. Era a mesma coisa todo dia. Toda hora. Todo instante. Sempre. É bem verdade que, no início, ainda preferia fingir que não era com ela e, quando não aguentava mais, deixava bem claro que pouco estava se importando com aqueles olhares e aqueles dedos perseguindo-a por onde quer que ela fosse.

Entrava em casa e saía como se nada tivesse mudado, como se nada de diferente estivesse acontecendo com o pai. "Está tudo muito bom. Anda tudo muito bem. Se melhorar, estraga", repetira uma ou duas vezes para algumas amigas que haviam feito a pergunta com segundíssimas intenções, loucas para tripudiar com a situação em que se encontrava seu pai.

Aos treze para catorze anos, tinha a mesma cara rabugenta e mandona com que nascera e seu caráter hostil apenas se agravou ao longo daqueles anos sendo servida, paparicada e atendida em todas as suas exigências. Não tinha muitas amigas e volta e meia perdia uma das poucas que possuía, invariavelmente por causa de seu temperamento arrogante e mandão.

Sardenta, carregava nos grandes olhos azuis não a hesitação da mãe, mas a determinação belicosa porém metódica dos cinzentos olhos do pai. O cabelo vermelho não viera nem de um nem de outro, mas gostava de cortá-lo tão curtinho quanto o da mãe, deixando a franja cair sobre os olhos. O rosto de maçãs salientes e polvilhado de sardas arredondava-se mais e mais, apesar dos intermináveis regimes e dietas iniciados e abandonados com a mesma frequência.

"Essa menina tem cara de briguenta..."

Aquela parecia ser a frase da sua vida. Quase todo mundo, mais cedo ou mais tarde, depois de conhecê-la, a repetia aqui ou ali, evitando-a ou tratando-a com certo cuidado, sempre com um pé atrás. Era geniosa e, desde que o pai começara a frequentar as páginas dos jornais e revistas ou as telas da televisão, ficara ainda pior. Arranjava briga por qualquer dá-cá-essa-palha. Xingava. Cuspia. Não, não chorava nunca. Quando soube o que o pai fazia – mais confirmou do que realmente ficou sabendo, pois já suspeitava –, viu-se tomada por uma certa perplexidade, como alguém surpreendido fazendo alguma coisa grave e sem nenhuma boa desculpa na ponta da língua. Não durou muito. Nada durava muito para ela.

Denise crescera sozinha. Solitária e à mercê de empregadas que não paravam em sua casa porque depois de poucos dias antipatizavam com ela. Denise era obedecida em tudo o que queria. Era também odiada, claro.

Mas quem se importava? Acabou preferindo ser obedecida a ser amada. Solidão. Rabugice. Autossuficiência. Distanciamento.

Assim era Denise.

Olhou mais uma vez para o outro lado da rua. Os meninos e meninas riram e começaram a pular e gritar:

"Ão, ão, ão

Lá vai a filha do ladrão..."

Repetiam:

"Ão, ão, ão

Lá vai a filha do ladrão..."

Quis atravessar. Pensou em ir para o outro lado e dar alguns socos e empurrões. Desistiu. Ia ser pior, muito provavelmente mais um pretexto para que os pais daquelas crianças fossem à sua casa e dissessem coisas bem ruins para seu pai.

Sorriu, um sorriso matreiro e cheio de maldade:

– Vocês tão é com ó... ó... ó... – esfregou o cotovelo com a mão e sorriu desdenhosamente, exibindo-o para os meninos e meninas que pulavam e saltavam no outro lado da rua. Viu rapidamente as pessoas se amontoando em portas e janelas vizinhas, interessadas. – Inveja!

"Ão, ão, ão

Olha a filha do ladrão!

Ão, ão, ão

Olha a filha do ladrão!

Ão, ão, ão

Olha a filha do ladrão!"

– IN-VE-JA!

Denise sorriu triunfante e, abrindo o portão, entrou, fechando-o com estrondo, o queixo arrogantemente erguido, cheia de si.

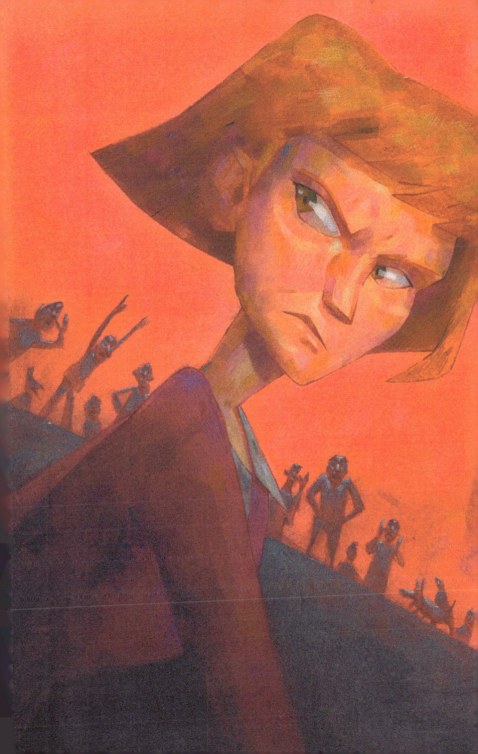

AMIGOS

Como um animal muito velho abandonado em terra estranha, Armando sentiu a mudança no ar à sua volta. Ela era palpável. Densa. O ambiente mudara.

Os sorrisos eram diferentes. Os abraços regulavam-se pelo temor e pela convivência. Até os passos, dava para notar, eram diferentes e determinavam se a pessoa passaria direto sem olhá-lo, o evitaria sem maiores problemas ou se precipitaria sobre ele como se nada tivesse acontecido.

Muitos fingiam. Não, todos fingiam. Somente um louco ou um visitante recém-chegado de Marte não saberia o que estava acontecendo com ele. Fora preso. Acusado. Entrara em mais audiências, acareações e depoimentos de que conseguia lembrar. Conseguira um *habeas corpus*. Tivera o rosto em mais jornais, revistas e televisões do que muito político jamais conseguira em anos e anos de Congresso. Não que o desejasse.

Pelo contrário, se pudesse, teria evitado cada um daqueles momentos desagradáveis. O constrangimento por que passara. A vergonha estampada no rosto da mulher e dos filhos. O escárnio dos vizinhos.

Não, certamente aquela parte não o agradava nem um pouco e, assim que tudo aquilo terminasse, faria o possível e o impossível para esquecer bem depressa aqueles dias e semanas de genuíno inferno.

Ser acusado de explorador da miséria humana e de velhinhos e aposentados, uma das muitas acusações que ouvira naqueles dias, não era nem um pouco agradável. Pelo contrário, tirava-lhe o sono.

Nunca esperara que fosse descoberto. Havia tantos outros como ele e nenhum deles jamais tinha sido importunado pela justiça... por que ele, por que justamente ele?

Armando Leite Furtado.

Toda vez que ouvia o próprio nome por inteiro, lembrava-se dos jornais, as fotos tão sensacionalistas quanto humilhantes – nada poderia ser mais humilhante para ele do que aparecer algemado em rede nacional, como se fosse o único, o mais devastador, o mais perigoso fraudador da Previdência Social. Lembrava-se das pessoas nas ruas, apontando-o, fulminando-o com olhares perpassados de desprezo, hostilidade ou deboche. Ainda não acreditava que estivesse passando por aquele tipo de situação. Era... era... era absurdo, inteiramente absurdo...

Absurdo!

Irreal.

No momento de sua prisão, o espanto foi tão completo e imobilizante que se lembrava vagamente mais de ter sido carregado do que acompanhado os policiais enviados para prendê--lo. Até urinou, mas só teve consciência do que realmente estava acontecendo quando percebeu os policiais se entreolhando e trocando risinhos debochados, o que o encheu de vergonha.

Medo. Terror. Perplexidade. Armando experimentou uma infinidade de sentimentos naqueles primeiros dias sendo levado de um lado para o outro como um saco de batatas, feito marionete, sem vontade própria. A liberdade propiciada pelo *habeas corpus*, longe de tranquilizá-lo, deixou-o ainda mais preocupado. Não sabia o que acontecia à sua volta. As pessoas mais cochichavam do que falavam. Vez por outra sorriam para ele e alguns davam-lhe tapinhas de consolo e encorajamento, tão tranquilizadores quanto falsos, e garantiam:

"Relaxa, cara, isso não vai dar em nada!

Gente como nós não vai pra cadeia, Armando...

Você tem amigos, homem! Não se esqueça disso, você tem amigos..."

Muitas vezes se sentia como o bode expiatório de coisas bem maiores e às quais sequer tinha acesso. Quando muito podia imaginá-las, mas as desconhecia por completo. Existia muito mais gente roubando nos insondáveis labirintos do poder, dizia de si para si. Trilhas carcomidas pela impunidade escondiam jogadas ainda mais grandiosas do que as suas. Ninguém escapava. Todos chafurdavam na mesma lama grudenta e malcheirosa da corrupção que se espalhava por todos os lados, em todas as portas e janelas fechadas dos gabinetes elegantes. A corrupção era parte da vida de todos, como o ar que respiravam. Os santos haviam morrido e ninguém sabia quando nem estava interessado no porquê. Todo mundo queria o seu pedaço, levar vantagem.

De certa forma, sentiu-se um pouco mais aliviado.

Quem estaria em condições de lhe atirar a primeira pedra?

Sorriu, deliciado com a própria observação.

É, ninguém. Realmente ninguém.

Ricardo, a cara cuspida e escarrada de um funcionário público padrão, a meio caminho entre a produtividade estéril e a má vontade crônica, achegou-se a ele inesperadamente, a boca arreganhada num sorriso vulpino, as sobrancelhas espessas e prateadas juntando-se numa linha só sobre os olhos fundos e rodeados por olheiras de aspecto desagradável.

– Fica frio, Armando! – pediu, dando novos tapinhas em sua mão. – Você tem amigos, grandes amigos por aqui!

Olhou de um lado para o outro. O Alves, o baixinho de espalhafatosos suspensórios vermelhos e óculos de grossas lentes esverdeadas, sorriu, como que tentando lhe infundir alguma confiança, e brandiu o polegar vigorosamente para cima. Melo, o albino de mãos enormes, piscou-lhe um dos fundos olhos azuis e desapareceu por trás de uma porta. Até Raquel, que passara boa parte dos trinta anos de sua existência subindo e descendo as escadarias da repartição, carregando pesadas garrafas térmicas e servindo café, tinha aquela certeza inabalável no olhar.

"Isso não vai dar em nada, doutor!"

"Nada! Nada!"

– Tá todo mundo de rabo preso neste país, Armando! – sentenciou Ricardo, abandonando o paletó no encosto da poltrona e sumindo pelo corredor, entre as mesas que rodopiavam num simulacro de atividade, transbordante de certezas e cumplicidades em torno de Armando Leite Furtado.

INTERESSES

Denise bateu a colher mais uma vez com raiva na bola de sorvete de morango e um respingo rosa espalhou-se pelo tampo da mesa.

– Não faz assim com ele, não, Dê – pediu Matosinhos, aproximando-se, divertido, brincando com o acabrunhamento em que ela se encontrava naquele instante. – O sorvete não tem culpa.

– Gracinha! – A raiva de Denise era tão defensiva quanto irreal.

Matosinhos sentou-se diante dela, fazendo uma mesura zombeteira para ajeitar sua longa cabeleira dourada, cascateante em anéis brilhantes sobre os ombros nus, o esquerdo inteiramente coberto por uma grande e intimidante carranca enfurecida de um leão.

– Sou, não é mesmo?

O meio sorriso constrangido que levantou os cantos de seus lábios suavizou as feições tensas de Denise. Era como se a simples presença de Matosinhos tivesse servido para tranquilizá-la.

Era o seu rosto. Era o seu sorriso. Aquela expressão abusada. Era todo ele e seu jeito de quem está sempre disposto a encarar a vida de frente, pronto para o que der e vier, que a deixava mais calma. Não havia ninguém mais que gostasse de ter ao seu lado naquele momento, ninguém além dele.

– É o lance do seu pai que está te deixando assim? – perguntou ele e, quando Denise sacudiu a cabeça, acrescentou, solidário: – Chato, né?

– Bota chato nisso.

– Imagino...

– Está todo mundo em cima da gente, Matosinhos. Eu... eu...

– Pensei que você não se importasse...

– Tô tentando.

– Tá difícil?

– Você nem imagina como. Lá em casa está a maior zona. Mamãe só anda pelos cantos. Quando não tá chorando, tá reclamando ou tá assumindo todas as culpas do mundo. O pai não para em casa. Anda tão grudado no PC...

– PC? Que PC? – estranhou Matosinhos.

– Ah, é o advogado dele. Os dois andam juntos tanto tempo que a qualquer hora ainda acabam se casando ou indo morar juntos.

– Qualé, Dê! Pirou?

– Tô brincando, Matosinhos. Mas a coisa anda feia demais pra gente. Viramos o Judas que todo mundo quer malhar!

Matosinhos esparramou-se languidamente na cadeira em frente a ela e puxou para si a taça de sorvete. Lambeu uma ou duas vezes a colher antes de enterrá-la no sorvete e arrancar uma boa porção que sorveu de uma só vez, lambuzando a boca. A calda de cereja misturada ao sorvete escorreu-lhe pelo canto da boca. Arreganhou-a num largo sorriso e afirmou:

– São todos pessoas muito honestas e decentes...

– Ah, você acha? – Denise encarou-o, num misto de surpresa e contrariedade.

– Não, mas eles se acham – outra colherada de sorvete escorreu goela abaixo, o pomo-de-adão subindo e descendo vagarosamente. Afastando uma mecha dourada que lhe caiu sobre os olhos verdes e matreiros, explicou: – Hipocrisia pura, aliás, coisa bem nacional!

– Tá um saco!

– Esquenta não, Dê!

– É muito fácil pra você dizer isso. Não é o seu pai que tá com a corda no pescoço!...

– E nem o seu está!

– Ah, Matosinhos...

– É isso mesmo, Dê. Você tá fazendo a maior tempestade num copo d'água que já vi. Pode acreditar, não vai rolar nada de ruim pro seu velho, não...

– Não é o que ele diz.

– Parece até que ele não sabe onde está.

– Ah, ele sabe sim. Sabe muito bem.

– Se soubesse, não estaria tão estressado...

– Qual é, Matosinhos? Você pirou, é?

– Eu não. Acho que vocês é que estão bem doidões com...

– Não entendi nada.

– Pô, Dê, nós estamos no Brasil.

– Ah, valeu, Sherlock! Qual é a próxima brilhante dedução a que o senhor chegou?

– Essa bronca toda não vai dar em nada, quer ver?

– Como não vai?...

– Foi o que o meu pai disse.

– Ah, é? E o que mais o sabichão do seu pai disse? Dá pra contar ou é segredo de Estado?

– Que nós temos uma lei tão ruinzinha e uma justiça tão vagarosa que o maior risco que seu pai corre é o de gastar todo o dinheiro antes que alguém resolva confiscá-lo.

Denise encarou-o, contrariada.

– Agora você me deixou tão tranquila, Matosinhos... – zombou.

Matosinhos colocou a taça vazia em cima da mesa e correu os olhos pelas mesas vizinhas – como se procurasse alguém, algum conhecido – antes de encará-la e dizer:

– Foi você que perguntou...

– Tá!

– Ah, por que a gente não esquece tudo isso e fala de outra coisa?

– Que coisa?

Matosinhos mudou de cadeira, sentou-se noutra, ao lado dela, o braço deslizando rápida e carinhosamente sobre os ombros dela, puxando-a para si.

– O pessoal tá falando em ir para Arraial do Cabo nesse fim de semana. Pegar umas ondas, sabe? O Caniço encontrou umas ondas enormes lá pros lados do Pontal do Atalaia e...

– Você vai?

– Tava a fim... – Matosinhos a apertou mais fortemente contra si e beijou-lhe a bochecha vermelha e sardenta duas ou três vezes, enquanto acrescentava: – Eu e você.

– E?...

– Só que não vai dar porque o meu pai chutou o pau da barraca por causa de algumas notas não muito legais que eu andei tirando e...

– Detonou sua mesada?

– Sem dó nem piedade – Matosinhos fez uma careta de contrariedade e acrescentou: – Qualquer adiantamento que eu pedir vai ser motivo para rolar a maior chantagem sobre notas altas e sobre um futuro que ele inclusive já está planejando para mim...

Um brilho zombeteiro iluminou os olhinhos claros de Denise.

– Doutor Matosinhos? – brincou.

– Dá para acreditar? Ele anda com essa ideia na cabeça...

– Você ia ficar uma graça de branco, Matoso...

– Que branco nada, Dê! Não posso nem ver sangue que desabo, quanto mais ser médico...

O rosto sardento de Denise anuviou-se, contrariado, realçando as manchas sobre o nariz arrebitado.

– Isso quer dizer que a gente não vai? – perguntou.

– Sei lá! – Matosinhos tinha uma expressão misteriosa por trás do sorriso envolvente. – Eu tava pensando...

– Pensando no quê?

– Bem... – Matosinhos calou-se por um segundo, dissimulando que fugia do olhar interessado de Denise, mas procurando permitir que ele o alcançasse. – Melhor deixar pra lá!

Levantou-se, mas Denise agarrou-o pelo braço e o fez sentar-se novamente.

– Bem o quê? – insistiu, impaciente.

– Eu tava pensando que, se você falasse com seu pai, talvez ele topasse bancar essa viagem pra gente. – Mais silêncio e um estudado constrangimento, nada muito elaborado, o suficiente para que Denise não se sentisse usada, mas ao mesmo tempo, incisivo o bastante para que acreditasse ser a única capaz de romper tão dramático impasse; algo que ele sabia fazer muito bem.

Se Denise não o conhecesse tão bem (afinal, já namoravam pela eternidade de cinco meses inteirinhos e Matosinhos não tinha lá tanta imaginação assim), dava para acreditar que ele estava morrendo de vergonha.

– Afinal, ele andou levantando uma grana legal e...

Interesse.

A ideia alfinetou-lhe dolorosamente a cabeça. Olhou curiosa, mas melancolicamente para Matosinhos. Não ouvia. Ele continuava falando. Falando e sorrindo. Não ouvia. Era como se estivesse a centenas de quilômetros. Inatingível. Não precisava ouvi-lo para compreender. De certa forma, era como se já soubesse de antemão o que ele diria. Palavras conhecidas. Frases repetidas. Outros rostos substituindo estranhamente o de Matosinhos, como se mãos poderosas, mas desconhecidas, folheassem um enorme livro com rostos substituindo as folhas passadas, um seguindo o outro e depois outros e mais outros...

Interminável.

Interesseiros.

Eram todos iguais. Repetiam um mesmo *script* perverso e envolvente. Todos eram solidários. Minimizavam preocupações. Antegozavam riquezas que apenas imaginavam existir.

Viam as coisas com os olhos frios e calculistas dos próprios interesses.

Matosinhos queria uma viagem para Arraial do Cabo como outros tantos a convidavam para boates da moda, shows de rock, farras barulhentas, tudo invariavelmente pago pela repentinamente conhecida prosperidade de seu pai.

Interesses. Nada mais nada menos do que interesses.

Denise continuou ouvindo. Era melhor do que ser surda, pensou, com uma ponta de amargura.

BRIGA

Arnaldo, os cabelos negros caindo em pequenas trancinhas sobre o rosto muito bronzeado, cutucou Peixinho com o cotovelo, e os olhos de ambos voltaram-se para Herbert no instante seguinte. Bimbo fingia que não, mas também olhava. Negresco deu um risinho meio matreiro. Akira ficou sério – como sempre fazia quando se sentia pouco à vontade em algum lugar ou diante de certa situação constrangedora. Herbert percebeu que sua presença era a tal situação constrangedora.

Nenhum deles se aproximou. Olha para lá, olha para cá, nenhum deles chegou a qualquer conclusão sobre o que deveriam fazer. Até havia alguns dias, Herbert não se esquecia – e era isso que o deixava mais magoado com os cinco –, eram amigos. Mudou de ideia. Não, amigos verdadeiros não deixam de sê-lo tão rapidamente. Chegou à conclusão de que se enganara com eles durante todo aquele tempo – tempo demais para se deixar enganar daquela maneira.

Tinham sido amigos... O que mudara?

Olhou-os algumas vezes e percebeu que eles, como os outros, apesar de quererem aparentar o contrário, também o estavam olhando. Mais, observavam como se esperassem que fosse acontecer algo diferente do que acontecia – ou não acontecia – quando alguém ficava sentado num canto, apenas esperando que as horas passassem.

Havia indagação em seus olhos. Olhos persistentes. Olhos perpassados por uma inesperada distância. De repente, sem quê nem para quê, teve a impressão de vê-los assomando no alto de uma verdadeira torre de silenciosa, mas perceptível, superioridade.

Preferiu não ligar. Ignorar. Fingir que não era com ele. Ser cínico. Ir pra casa. Não voltar mais.

Melancolia. Raiva. Desapontamento.

Não sabia o que pensar quando se via diante deles. A surpresa dos primeiros dias só fizera crescer e transformar-se num justo rancor. Amigos não faziam e não agiam como Arnaldo e os outros.

Sacudiu vigorosamente a cabeça, como que tentando tirá-los do emaranhado confuso que eram seus pensamentos naquele instante. A campainha soava barulhenta e persistente em toda a extensão do pátio. Abriu caminho através dos primeiros grupos de estudantes que desciam para o recreio – novos olhares, mais acusação, um constrangimento invencível metamorfoseando-se em risinhos zombeteiros e irritantes, trocas de olhares à sua volta.

Não quis passar por eles. Nem perto deles. Quis evitá-los. Nem olhou. Ia passar por eles e não diria nada. De repente, alguém disse:

– Ei, Herbert, o que foi? Ficou rico? Não fala mais com os amigos?

Não reconheceu a voz. Nem se importou. Foi tudo muito rápido – o sangue subindo velozmente para a cabeça, o chão desaparecendo debaixo dos pés, aqueles olhos implacáveis voltando-se para ele com desdenhosa desenvoltura, rodopiando interminavelmente em torno dele como um pesadelo, aquelas palavras se repetindo e gravadas com ferro em brasa bem em cima de toda aquela raiva acumulada. O ar tornou-se espesso à sua volta e Herbert sentiu-se lento, irritantemente lento, encontrando cada vez mais dificuldade para abrir caminho através de um denso e pegajoso mar de lama, arremetendo com raiva contra a maré, varando-a com punho cerrado, avançando num arremesso violento, mortífero. Sentiu os dedos estalarem ao bater no rosto de Arnaldo, um dedo quebrando-se, fazendo o braço estremecer de forma assustadora e um urro de dor brotar de dentro daquela escuridão assombrosa em que residia sua raiva.

Arnaldo caiu e a incredulidade apareceu nos muitos rostos que convergiam para Herbert. Era como se ninguém entendesse por que ele fizera aquilo e procurasse no espanto uma resposta para aquele soco. Até Arnaldo o encarava, boquiaberto, a mão ainda segurando o queixo atingido e o sangue que espirrara do nariz, escorrendo-lhe por entre os dedos.

Herbert agarrou-se à mão, uma dor intensa subindo do dedo quebrado e irradiando-se pelo braço numa onda de calor repentino. Recuou alguns passos. O rosto pasmo de incredulidade e absolutamente sem cor de Nessa materializou-se bem na sua frente em meio àquela grande confusão de rostos. Viu-a gritar seu nome, apesar de não conseguir ouvi-la.

Pensou em correr para ela – precisava daquela preocupação sincera que entreviu em seus olhos lacrimejantes. Parou, sucumbindo ao peso de uma mão que desabou pesadamente sobre seu ombro direito, ao mesmo tempo que uma voz o chamou. Virou-se e encontrou um dos professores, a mão cada vez mais pesada em seu ombro.

Ele o olhou com compreensão e indulgência.

– Acho melhor vir comigo agora, rapaz – disse, a mão deslizando protetoramente para os ombros de Herbert e o braço envolvendo-o, puxando-o finalmente para longe da multidão silenciosa.

DIÁLOGO

Armando parecia não suportar mais. Estava a ponto de chorar...

– A gente nunca se lembra de como começou, não é mesmo?

Seu olhar angustiado foi até a carranca impassível do advogado e voltou, a indagação desfazendo-se no silêncio pouco encorajador que por vezes se adensava dentro do escritório, dominado pelo frio siberiano do ar condicionado.

– Apenas começou...

Inquietou-se ao ver Paulo César Ferro, um espesso bigode muito bem cuidado – era a primeira coisa que se notava ao olhar para ele – por trás do qual se escondia um homem de modos agradáveis. Seus grandes olhos castanhos não paravam um só instante de se mover pra lá e pra cá, perscrutadores, inquiridores, implacavelmente devastadores. Apesar de pouco mais de quarenta anos, o cabelo rareava no alto da cabeça e grandes entradas na testa larga anunciavam a inevitabilidade de uma calvície, das mais acentuadas, por sinal.

– Parecia tão fácil...

– É sempre assim – disse PC distraidamente, sem olhá-lo rabiscando a folha de papel.

– É verdade...

– Pra falar a verdade, vai ser sempre assim...

– Como disse?

– Ah, nada... nada mesmo!

– Isso simplesmente entra na gente. Ninguém sente. Nenhum problema de consciência. Afinal de contas, tá todo mundo tirando um pouco...

O rosto de PC transformou-se magicamente no sorriso zombeteiro que lhe torcia os lábios finos.

– Parece até algo justo, não?

– Parece normal. O mais assustador é que muitos acham normal...

– Meter a mão?

A contrariedade apareceu como uma breve chispa nos olhos melancólicos de Armando.

– Eu não diria...

– Tá, tá. Foi mal...

– Foi mesmo.

– Acho que o senhor não precisa se preocupar...

– Não é o que os jornais estão dizendo.

– Ah, eles irão dizer muito mais. O senhor é notícia, sabia? Eles vão torcer, apertar, distorcer e fazer o possível para manter essa notícia. Estamos no reino encantado da mídia, meu amigo. Não lhe contaram?

– Ah, fala sério, doutor...

– Pois eu estou falando. Muito sério, por sinal. Sabe de uma coisa, seu Armando? Eu conheço muito bem o meu ofício. Conheço as leis deste país e posso lhe garantir que serão elas que o livrarão de tudo isso, inclusive da mídia. Logo, logo, ela vai deixá-lo de lado por coisa maior. O senhor não se sente ofendido por eu lhe dizer isso, sente?

– Nem um pouco. Acha que sou culpado, doutor?

O advogado sorriu. A pergunta realmente lhe soou muito engraçada, porque não era nenhuma grande novidade.

– O senhor é meu cliente, seu Armando.

– Isso quer dizer...?

– Que a minha maior e única preocupação é convencer os outros de sua inocência e não me interessar por sua culpabilidade ou inocência. Essa parte pertence ao promotor.

– Isso é tão estranho...

– Inteiramente cínico, eu diria... – O silêncio começou a esmagar a ambos com o peso de toneladas de constrangimento. O advogado achegou-se a Armando e inclinou-se na direção do rosto desorientado dele, os olhos brilhantes, cortantes como lâminas afiadas, rasgando, abrindo brechas profundas em seus temores. – É culpado, seu Armando?

Armando encolheu-se instintivamente na cadeira como se algo de muito sujo, verdadeiramente repugnante, tivesse sido jogado sobre ele.

O advogado sorriu e, endireitando-se na cadeira, resmungou:

– Precisamos cuidar disso.

– Disso? Disso o quê?

– O senhor reagiu como culpado.

– Mas... mas...

– O senhor não é culpado. Ponha isso na cabeça bem depressa, ouviu bem? A primeira audiência será dentro de duas semanas – contornou a mesa e aboletou-se na cadeira à frente de Armando, o mesmo sorriso misterioso preso nos lábios. – Não queremos causar má impressão, queremos?

– Eu, quer dizer... eu não sei... não sei mesmo!

– Calma, seu Armando. Muita calma nessa hora. Não se preocupe. As nossas leis estão do nosso lado.

Havia descrença nos olhos de Armando.

– Estão mesmo?

– Não vai querer que eu cite exemplos, vai? Os jornais estão cheios deles. Olha, se eu fosse o senhor, usava a cabeça para pensar em coisas mais amenas. Férias, que tal pensar em férias? *Disney*... Que tal Cancún? Gosta de frio? Bariloche! Escolha um lugar bem bonito e esqueça todas essas acusações. Todos nós sabemos que elas são infundadas, não sabemos?

INESPERADA DETERMINAÇÃO

Cecília e Helena caminharam lado a lado durante algum tempo, ficando para trás o sufocamento desagradável que experimentara até então no supermercado.

A sugestão apareceu casualmente, quase sem que Cecília percebesse. Inocentemente. Era a parte mais perversa de tudo. Voz comum a outras tantas. Helena realmente acreditava que fazia um bem e tanto para ela.

– Larga ele, Cecília!

Cecília parou bruscamente, os dedos estreitando-se com força em torno da alça do carrinho cheio de compras.

– Não vou fazer isso – replicou, encarando-a e sacudindo a cabeça com veemência, como que para enfatizar a contrariedade que aquela sugestão provocava.

– Você vai acabar tendo que...

– Fazer o quê? Largar meu marido?

– Sei muito bem o que ele é... ou do que o acusam!

– Acusam, Helena? Este país não é mesmo muito engraçado? Somente aqui as pessoas são culpadas até que provem que são inocentes...

– Ah, mas o que é isso, Cecília? Está em tudo o que é jornal e revista. Tudo provado. Mostrado. Impossível de ser negado até mesmo pelo seu marido...

– Não estou interessada em provas. Culpado ou não, ele é meu marido. Eu não vou abandoná-lo agora... agora...

– Melhor agora, enquanto as coisas ainda não estão quentes demais para...

– ...agora que ele precisa de mim!

– Acho que você devia pensar mais em seus filhos e esquecer o Armando. Ele...

– Meus filhos já não são crianças e sabem muito bem o que está acontecendo.

– Quer que eles paguem pelo erro do pai?

– Erro, erro? Que erro?

– Ah, por favor, Cecília...

Cecília irritou-se.

– Por favor digo eu, Helena! – rugiu. – Sabe, eu já estou sem um pingo de paciência com essa gente que vive me enchendo os ouvidos, querendo que eu largue o Armando, que fuja para lá ou para cá, saia correndo e não sei mais o quê!

– Que é isso, Cecília? Eu só estava pensando no seu bem...

– Pois eu agradeço, mas pediria que você não ficasse tão preocupada comigo e fosse cuidar da sua vida!

– Eu mereço, é, mereço sim! Fico preocupada com uma amiga e o que ganho com isso? Ingratidão e xingamentos na frente de todo mundo!

– Eu ainda não te xinguei, mas, se você continuar com esses conselhos cretinos, eu juro que xingo e xingo bem alto e bem feio!

– Deus me livre, Cecília!

– Quer saber de uma coisa? Estou me lixando para o que se diz sobre o meu marido por aí. Vai ver, ele é até culpado. Roubou mesmo e, se roubou, possivelmente deve ir para a cadeia. De qualquer forma, Armando vai continuar meu marido, pai dos meus filhos e o homem que, bem ou mal, foi sempre uma pessoa carinhosa, o homem que escolhi para casar e o homem que eu amo. Não vou largá-lo agora. Nem agora e nem depois. Sabe de outra coisa, Helena? Estou cansada de correr. Corri e fugi a vida inteira. Tá na hora de parar de correr. Na verdade, não poderia existir melhor momento.

Afastou-se em largas passadas, empurrando o carrinho com raiva, mas com inesperada determinação.

Helena foi atrás dela, constrangida, repetindo seu nome, as mãos estendidas num gesto até cômico de desculpas. Um patético pedido de desculpas. Cecília parou e virou-se, a cara amarrada e hostil, apontando-lhe o indicador ameaçadoramente.

– Fique aí mesmo, Helena! – rugiu. – Fique bem aí, ouviu bem? Aí!

Em seguida, virou-lhe as costas e retomou a marcha para o carro, acrescentando uma advertência final:

– E não me procure mais!

UM POUCO DE PAZ

Nessa encontrou-o cabisbaixo e infeliz, sentado num canto da sala dos professores, esquecido como algo sem valor. Teve pena dele. Não queria. Sabia muito bem que somente o aborreceria ainda mais se a demonstrasse, se chegasse dizendo aquelas mesmas palavras que repetia fazia semanas e que vinham transformando o relacionamento entre eles numa coisa verdadeiramente aborrecida e cheia de caras e bocas de contrariedade. Melhor não dizer nada. Não fazer nada. Ir embora. Deixá-lo sozinho com seus problemas, com aquele fogo que queimava dentro dele e que o mantinha num inferno intermitente, ora de raiva injustificada contra tudo e contra todos, ora de uma doentia e profunda melancolia que o fazia se abandonar pelos cantos da escola, alheio ao mundo que o rodeava, pensando, pensando... pensando demais em coisa alguma.

Tinha pena dele. Era impossível não sentir nada quando estava diante dele ou quando ele aparecia na sua frente em busca de qualquer coisa – compreensão, carinho, gentileza, nem ela sabia ao certo, o tumulto de sentimentos conflitantes ou intimidadores, sufocados pela incerteza de todas as coisas que anteriormente pareciam ser tão concretas e reais.

Vergonha. No fundo, no fundo, Herbert estava morto de vergonha. Não precisava dizer. Estava na cara. Nos gestos. Na raiva que sentia e que, aqui e ali, demonstrava. Naqueles demônios que criava na cabeça e que aparentavam infernizá-lo dia após dia, nas trilhas de tensão permanente em que vinham se transformando cada calçada, cada esquina, rua ou praça, cada corredor da escola, cada beco escuro de seu universo de constrangimentos cotidianos, de culpas infundadas. Na perseguição paranoica de que acreditava ser vítima e movida por todo mundo com que cruzava, onde quer que estivesse.

Agia como se estivesse encurralado. Amigos convertiam-se em inimigos num piscar de olhos; olhos que, desabituados à vergonha e à indignidade, viam todos falando sobre ele, cochichando comentários maledicentes, fazendo observações maldosas, divertindo se cruel e implacavelmente as suas custas.

Inimigos. Todos inimigos. Estavam todos contra ele. Via-se só. Encurralado. Perseguido. Massacrado. A consciência a atormentá-lo.

"De que se culpava?", perguntou-se Nessa, olhando-o através da fresta meramente entreaberta em dor tão profunda, sem coragem de se aproximar e confortá-lo – até porque não sabia como fazê-lo, que palavras usaria, das muitas que já usara antes e sem sucesso, para amenizar tanta dor e decepção. Não tinha nenhuma culpa. Ser filho de seu pai, um recém-descoberto corrupto? Era disso que o acusavam, a razão de sua culpa? E que tipo de culpa era aquela?

Consciência. Herbert tinha consciência.

Nessa sentia-se diminuída diante de sua dor. Queria fazer algo, confortá-lo, dizer palavras bonitas, ser forte, tão forte quanto imaginava que seria, mas não conseguia ser depois que tudo aquilo começara.

Estava cada vez mais difícil conviver com ele. Herbert andava agressivo, irritadiço. Brigava por todo e qualquer motivo. Bastava um olhar atravessado ou mais demorado do que ele acreditava normal para começar a briga. Nessa vivia medindo palavras para não ofendê-lo, para não agravar aquela inquietação belicosa que tornava seus olhos armas implacáveis, dardejantes de hostilidade e rancor. Qualquer coisa servia como combustível para uma discussão. Pisava em ovos. Realmente estava cada vez mais difícil namorar daquele jeito. Estar ao lado dele.

"Larga ele!"

Aquela voz gritava cada vez mais alto e persistentemente dentro dela. Insistia, insistia e insistia. Outro inferno. Seu inferno.

"Qualé, Nessa? Virou masoquista agora, é?"

Aqui e ali, tropeçava e se confundia com seus sentimentos. Não sabia o que sentia por Herbert. Gostava dele. Outras horas achava que era unicamente compreensão e pena o que a mantinha ao lado dele, em mais de uma ocasião, apenas para ser maltratada. Mais confusão numa cabeça já bem incomodada e confusa.

Não o deixaria. Não naquele momento. Ele já vinha perdendo tanto e frequentemente nos últimos dias... Amigos. Pais. Irmã. Vizinhos. A própria paz.

Não, não ia abandoná-lo naquele momento.

Por outro lado, não se sentia bem consigo mesma ficando com ele apenas por ter pena dele. Nem ele nem ela gostariam disso. Apenas se machucariam um pouco mais se "ficassem" só por isso. Doeria mais. Muito e muito mais.

Os olhos dele encontraram-se com os dela casualmente, enquanto procuravam as horas no relógio pendurado na parede junto à porta.

– Nessa...

Ela entrou. Passos curtos, temerosos, a cabeça fervilhando de palavras que ia descartando – uma após a outra – à medida que se aproximava dele, inoportunas, inúteis, sem sentido. Preferiu continuar calada. Sentou-se ao lado dele, solidária, carinhosa.

– Você está bem? – se permitiu perguntar.

– Cansado...

– Cansado?

– Muito... cansado de tudo... cansado demais...

Colocou o braço sobre os ombros dele e, inesperadamente maternal, puxou-o para si. Herbert aconchegou-se, feito criança desamparada. Vontade de beijar. De acariciar e ser acariciado. De estar presente ou mesmo de dizer coisas bonitas. Entusiasmar-se e entusiasmar. Ficar.

– Eu só queria um pouquinho de paz... só um pouquinho... um pouquinho...

Ficou.

LADRÃO QUE ROUBA LADRÃO

Armando percebeu que o motorista do táxi o observava pelo retrovisor. De tempos em tempos, ele o procurava, a imagem refletida no espelho, os olhos cheios de interesse. Bufou, resignado. Com certeza se perguntava onde o vira antes, se é que ainda não o identificara entre as incontáveis fotos suas que apareciam nos jornais quase que diariamente nas últimas semanas. Conformou-se. Que fazer?

Nada, realmente nada.

Ignorou mais aquela demonstração de sua indesejada notoriedade e escondeu-se atrás de um silêncio impenetrável. Preferiu deixar que continuasse olhando o tempo que quisesse e que bem entendesse. Tinha coisa mais importante com que se ocupar. Desde que saíra do escritório do advogado, não pensava em outra coisa.

Não estava tão confiante quanto ele. Acreditava que teria muitos problemas com a lei. Não era alguém tão importante quanto os nomes que encontrava de tempos em tempos nos jornais e repetia como exemplo para acalmar-se. Não possuía dedos de influência tão longos, seu poder não era tão grande e, entre os muitos em condições de influenciar, certamente não contava com deputados, senadores, ministros ou governadores. Poucos o protegeriam diante do que estava por vir. Vivia na insignificância dos pequenos delitos e nas sombras desimportantes de uma pequena repartição. Liberando projetos para construções que desconhecia e era bem pago para nem sequer examiná-los.

Não possuía uma equipe de economistas e advogados para assessorá-lo nem dinheiro bem protegido em contas secretas nos cafundós de paraísos fiscais no Caribe. Não passava de um ratinho e dos mais acovardados, entre ratazanas colossais e potencialmente mais ardilosas e igualmente perigosas. Um ratinho que se assustava até com a luz do sol e sobrevivia alimentando pequenos sonhos burgueses como carro novo todo ano e uma casa de praia fosse onde fosse. Seu maior temor era acabar servindo de bode expiatório para encobrir gente maior do que ele. Muito provavelmente, corruptos maiores e mais bem relacionados serviriam sua cabeça numa bandeja de prata para a expiação ou ocultação (pelo menos, por algum tempo) de todos os seus pecados, para satisfazer a fugaz sede de justiça da imprensa, que logo se daria por satisfeita e o trocaria por um escândalo maior.

Possível. Bem possível. Tal perspectiva o apavorava.

O táxi parou. Reconheceu sua casa. Contou mais duas ou três pichações novas no muro quase que inteiramente pichado.

– É aqui, moço? – notou o risinho malicioso do motorista.

"Ladrão" era lugar-comum naquele emaranhado de palavras ofensivas, de frases implacáveis. Via-se de todos os tamanhos e cores. Muitos a tinham escrito com calma e outros, com pressa característica dos que estavam muito menos indignados do que aparentavam e bem satisfeitos com a desgraça do vizinho até então bem-sucedido. Umas estavam cercadas por impenetráveis arabescos. O vermelho das letras de uma delas escorria feito sangue, coisa recente, uma ameaça proposital, porém das mais inúteis...

"Ladrões, afastem-se! Não aceitamos concorrência!"

Frase até muito engraçada.

"Filho da p..."

Também ofensivas, mas sem um pingo de imaginação ou originalidade.

"Propina é comigo mesmo!"

O pichador fora caprichoso e imaginativo o bastante para colocar, ao lado da frase, um polegar e um indicador esfregando-se um no outro de modo bem significativo, para não deixar a menor dúvida.

"Filho de ladrão, ladrão é!"

Imaginou que a frase grosseira tivesse partido de algum velho inimigo ou de alguém que não gostasse de Herbert ou, mais provavelmente, de Denise.

"O governo adverte: honestidade faz mal à saúde!"

Tinha gente que não largava nem o cigarro e muito menos a televisão.

Armando tornou a olhar para o motorista. Respirou fundo.

– Quanto é? – perguntou, desanimado.

– Cinquenta reais – respondeu o motorista.

– O quê? Por uma viagem do centro da cidade até aqui?

– É isso aí!

– Cadê a tabela? Isso não é possível! Eu quero ver a tabela!

– São cinquenta reais...

– Quero ver a tabela. Mostra aí que eu...

– Que tabela coisa nenhuma, moço! Paga logo e não bufa!

– Sem tabela...

– Ah, não acredito – o motorista sorriu, ironia e deboche revezando-se no rosto suado e com barba por fazer. – O senhor está me chamando de ladrão, é? Logo o senhor?

– É, é ladrão sim!

– O senhor também é e eu não pedi nenhuma proprina pro senhor...

– Eu...

– Ladrão que rouba ladrão...

– Mas isso...

O motorista estendeu a mão espalmada para Armando e o sorriso alargou-se um pouco mais, malícia nos olhos brilhantes e fixos nele, ao insistir:

– São cinquenta reais, certo? Agora anda logo. Vê se paga de uma vez e não enche o meu saco! – sacudiu a mão com impaciência e grunhiu: – Vamos lá, seu moço! Paga logo! Reclama, não, que depois o senhor tira de outro otário com juros e correção monetária. Não é assim que as coisas funcionam neste país?

A MULTIDÃO

Denise nunca gostou de andar de ônibus.

"Não sou sardinha para andar apertada dentro de lata!"

A reclamação surgira em várias ocasiões, a mesma frase arrogante, o queixo erguido autoritariamente, da mesma maneira desafiadora com que enfrentava o mundo e se relacionava com as pessoas.

Nem soube ao certo por que entrou naquele ônibus. Entrou e pronto. Raiva de Matosinhos – ele não parava de falar na tal viagem a Arraial do Cabo, como iam se divertir em Arraial do Cabo, como seria fácil convencer o pai dela a pagar a passagem dos dois para Arraial do Cabo, como todo mundo da turma – ela não sabia nem de que turma ele estava falando – iria para Arraial do Cabo naquele fim de semana.

Arraial do Cabo, Arraial do Cabo, Arraial do Cabo... Simplesmente se enchera daquela falação infernal sobre Arraial do Cabo, mas principalmente se enchera daquele brilho interesseiro nos olhos de Matosinhos.

Dúvidas...

Ele estava com ela unicamente por causa do dinheiro que todos diziam que o pai dela tinha ou roubara, o que para muitos dava no mesmo. Ele não se interessara por ela antes de aquelas coisas horríveis começarem a ser trombeteadas aos quatro ventos pelos jornais, rádios e televisões do país? Não era verdade que nem ligava para ela antes disso ou era apenas uma falsa impressão? Estaria sendo usada? Por que Matosinhos falava tanto do que queria, do que precisava comprar, do que gostaria de ter, sempre que estava com ela?

Tristeza. Matosinhos, afinal de contas, não a amava... ou amava?

Será que todos à sua volta eram como ele?

Onde deixara seus amigos de verdade?

Será que os tivera algum dia?

O que diriam se a vissem naquele ônibus e naquele instante?

Nada muito diferente do que ela mesma diria e estava pensando...

Não encontrou lugar para sentar-se. Ficou de pé. Desajeitadamente de pé, agarrada ao ferro do encosto de um dos bancos, espremida, amassada, empurrada, jogada – a bem da verdade, pela própria falta de prática, mas também pela pressa do motorista ou dos passageiros – para tudo quanto era lado e, mais frequentemente, para cima de uma passageira, que a olhava com o rabo do olho, aborrecida.

Odores dos mais variados, cheiro de corpos suados que se esfregavam nela, fedor de axilas misturando-se aos incontáveis perfumes e desodorantes baratos (supôs e apenas supôs), o aroma de comida grudado a roupas velhas. Olhos misteriosos mas interessados cobiçavam o Nike novinho que tinha nos pés pequenos.

Medo. Incerteza. Vontade de chorar. Olhos estranhos atravessando-a e rasgando a carne trêmula do corpo rechonchudo como lâminas afiadas, dissecando-a e deixando à mostra todas e tantas dúvidas e temores, devassando até o mais íntimo de seus pensamentos, despindo-a de umas poucas certezas que conservava. Inquietou-se. Passou a sentir-se oprimida. Espremida contra uma vida que desconhecia e, por desconhecer, temia.

Zonza e intimidada, contou outros tantos olhares interessados redemoinhando em torno dela, uma verdadeira selva de rostos silenciosos e corpos desajeitadamente acomodados. Dezenas, centenas, milhares. Nunca imaginou que fossem tantos.

O que queriam? O que seriam? Sabiam quem ela era?

Oprimida e crivada de dúvidas, esperou que a qualquer momento um deles apontasse para os outros e gritasse:

– Olhem, é a filha do corrupto da televisão!

Bobagem. Temor idiota. Ideia descabida. Naquele universo limitado de corpos cansados e rostos vencidos, anônimos em seu silêncio, não passava de alguém um pouco mais bem vestido, porém amedrontado, intimidado por culpas alheias, sentimentos que ignoravam por completo e pelos quais não aparentavam o menor interesse.

Na verdade, não era nenhum deles que tanto a assustava. Era a própria incerteza em que haviam atirado a sua vida que a deixava inquieta e apreensiva. Aquele ônibus e aquela gente apenas materializavam uma de suas tantas incertezas.

Teria que se acostumar a andar de ônibus?

Sairia do colégio particular?

Iria para alguma escola pública?

E as viagens à *Disney*?

O que todo mundo diria se soubesse que ela... ela...

O corpo inteiro arrepiou-se golpeado pelas ondas implacáveis e frias do desconhecido. O passado transformou-se repentinamente em algo distante, inalcançável. O presente não era melhor e a feria de morte a cada passo dado, a cada palavra ouvida, a cada olhar trocado.

Solidão. De repente, não se sentiu capaz de descrever aquele sentimento que a fustigava e a acompanhava. Só. Estava só. Totalmente só. Como nunca. Só. Bem só. Vitimada por olhares que se despejavam de todas as direções, perseguindo-a, hostilizando-a, esmagando-a sem a menor piedade e cumulando-a de dúvidas.

E se estivesse enganada?

Estavam olhando para ela?

Estavam?

Não, ninguém olhava para ela. Era ela que se via naqueles olhos vazios, despossuídos e sem vida, que não procuravam nada, que não olhavam para nada, que, sonolentos, cansados e vencidos, só procuravam voltar para casa, ambicionando uma cama onde deitar e esquecer o cansaço para recomeçar no dia seguinte fosse lá o que fosse. Espelhos, não passavam de espelhos, insondáveis poços abissais de águas límpidas, mas profundas, onde Denise se via refletida. Não, não era ela propriamente, mas todos os seus temores, as acusações que fazia a si mesma, as perguntas sem respostas, as incertezas.

Dificilmente aqueles olhos que a rodeavam poderiam representar qualquer tipo de mal, nada pior do que aquele que a vinha consumindo lenta, mas incontrolavelmente. Idêntica multidão crescia dentro dela, nas veredas sombrias de sua consciência – uma massa grandiosa, belicosa como uma turba de linchadores, poderosa porém incontrolável, como uma manada cega pelo medo, estourando para o nada que leva à destruição de tudo o que encontra pela frente, todos com a mesma fisionomia congestionada, tomada pelas dúvidas e pela raiva que surgiam a partir de tantas dúvidas, por outros tantos sentimentos, mas, acima de tudo, por aquela vergonha ignorada, amordaçada, manietada a custo e que naquele instante

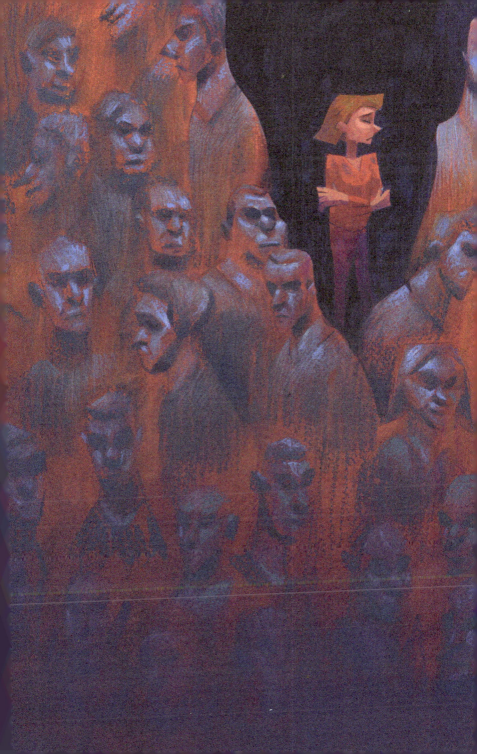

debatia-se furiosamente querendo se libertar. Todos com a sua cara. Todos querendo gritar como Denise queria gritar. Gritar alto, gritar com vontade, gritar para não enlouquecer.

Por fim, Denise gritou. Gritou muito. Ignorou tudo e todos dentro do ônibus. Assustou-os. O motorista freou e muitos desabaram uns sobre os outros dentro do ônibus. Pensaram em assalto. Gritaram...

"Ladrão! Ladrão!"

Enquanto Denise gritava e gritava e gritava e gritava...

MUDANÇA

Mal abriu a porta e Armando viu Cecília desabando sobre si, a própria imagem do desespero, falando mais depressa do que conseguia compreender, cortando esses, atropelando sílabas e multiplicando erres de maneira nervosa e repetida. Parecia estar à beira de um ataque de nervos, diagnosticou, tão ou mais aborrecido e tenso.

– Dá pra você falar mais devagar, Cecília? – perguntou, impaciente.

Ela simplesmente o ignorou. Continuou cacarejando furiosamente, os olhos abrindo e fechando, por vezes, arregalados, fora de si, a boca torcida e arreganhada em caretas de genuíno medo. Descontrolada.

– Por favor, Cecília...

Ela não parava.

- Cecília!...

O grito nervoso a trouxe de volta aos limites da tranquilidade, fazendo com que se calasse, os olhos ainda bem arregalados, lábios trêmulos, fixos nele.

– Eu... Eu... – gemeu, choramingando, incapaz de dizer qualquer coisa. – E-E-Eu só queria... queria...

– Queria o quê?

– Sair...

– Sair? Sair de onde, Cecília?

– Sair daqui... ir para bem longe, longe de tudo isso...

– Ah, Cecília...

– ...de tudo! – ela desabou, o rosto afundado no peito dele, fungando, ainda trêmula e arquejante, o choro miúdo, bem baixinho, sufocando as palavras, a vontade de dizer qualquer outra coisa, como se receasse que os vizinhos ouvissem seu choro ou, mais provavelmente, que Armando mais uma vez se irritasse e gritasse com ela.

A mão que ele ergueu para alcançá-la com um carinho, um afago generoso, pairou por um instante um pouco acima da cabeça dela, querendo tocá-la, acalmá-la, dar-lhe a segurança de sempre, garantir que tudo acabaria bem, que voltariam a poder andar de cabeça erguida pela vizinhança, ser decentes...

Não conseguiu. Não podia. Talvez jamais pudessem voltar a fazê-lo.

Mudança.

De certa forma e quase sem perceber, já tinha mudado. Mudar para outra casa, outro bairro, nova vizinhança, de nada adiantaria. Seria algo passageiro. Perda de tempo. Preferiu nada dizer. Deixou que a mão caísse lentamente sobre a cabeleira dourada de Cecília e, por fim, limitou-se a acariciá-la e a beijá-la.

– A gente vai... – gemeu ela, soluçante, molhando-lhe a camisa com as lágrimas, o azul das pupilas maculado pelo róseo esmaecido das pálpebras inchadas.

– Mudar?

– É...

Armando arquejou com força e a encarou com um débil sorriso preso aos lábios. Pouca ou nenhuma convicção na voz.

– Vai, vai sim.

– Quando?

– Logo, logo...

Cecília levantou a cabeça e procurou sorrir. Ficou com muita pena dela. Puxando-lhe a cabeça mais uma vez para si, acomodou-a com redobrado carinho em seu peito e garantiu:

– Logo!

VERGONHA

O professor entrou e encontrou os dois ainda abraçados. Sorriu.

– Vanessa! – piscou para Nessa com carinho, a boca larga e de lábios grossos arreganhando-se num sorriso envolvente e dos mais amistosos.

– E aí, rapaz? – perguntou, virando-se para Herbert. – Mais tranquilo?

Herbert sacudiu a cabeça afirmativamente. Pouca convicção no gesto. Acabrunhamento no olhar que evitou o do professor, a cabeça baixa arremessando os olhos contra o chão frio.

Um sorriso indulgente apareceu mais uma vez nos lábios do professor quando ele insistiu:

– Melhor você parar de ficar se maltratando desse jeito, cara!

Herbert encarou-o, espantado.

– Como é que é?

– Foi o que ouviu. Melhor parar de agir como se fosse culpado de alguma coisa...

– Eu?

– É, você mesmo.

Nessa e Herbert se entreolharam, confusos e bem pouco à vontade.

– Não é legal, sabia? Pior, não leva a nada. A sua vida não está... está...

– Um saco! – desabafou Herbert.

– Eu não diria melhor.

Herbert sacudiu a cabeça, desconsolado.

– Não é tão simples assim...

– Ah, é? E por que não?

Herbert encarou-o demoradamente e em silêncio, o gigante negro e de largos sorrisos se aproximando com as mãos enormes apoiadas na cintura, o jaleco branco mais parecendo uma capa de socorro que ninguém fizera. Nem um superpai ou super-qual-quer-coisa teria um daqueles sorrisos eivados de confiança e entusiasmo para distribuir a torto e a direito como ele fazia ha-bitualmente. Geografia se tornara uma matéria das mais inte ressantes desde que Luís Gama chegara no colégio usando uma didática pouco ortodoxa que incluía letras de rock e aulas inteiras movidas ao mais pesado rap da periferia paulistana. Aliás, seu nome já justificara uma aula – é bem verdade que de História – e muitos garantiam que deixara a barba crescer exclusivamente para ficar um pouco mais parecido com seu homônimo baiano, o abolicionista que no século XIX libertara quase mil escravos valendo-se somente da lei na cidade de São Paulo.

Coincidência, garantia e repetia para quem lhe perguntasse. Ninguém na família tivera a intenção de homenagear o grande abolicionista, até porque sequer o conheciam ou tinham ouvido falar nele. O Luís fora uma homenagem a um certo político de Cidade Tiradentes que garantia o emprego e a tranquilidade do pai, principalmente na época das eleições, quando o pai de Luís fazia a segurança dele na subida da favela e servia de para-raios para as muitas reclamações que choviam em cima dele logo depois que, eleito, o tal político esquecia a favela e a gente da favela. O Gama, este sim, era baiano, trazido pelos avós havia mais de um século de uma certa Condeúba, que Luís sequer fazia ideia de onde ficava no imenso território baiano.

– Tá todo mundo no meu pé, Luís – reclamou Herbert.

– Ah, mas você começou primeiro, garoto – replicou o professor, sentando-se ao lado do casal.

– Não entendi – admitiu Herbert. – Dá para explicar?

– Foi você que começou a pegar no próprio pé desde que essa história com seu pai apareceu nos jornais e na televisão. Foi você que ficou e ainda está se perseguindo, é você que está azucrinando a própria cabeça e vendo fantasmas...

– Ah, é? Quer dizer que toda a confusão que o pessoal vem fazendo também é culpa minha? O Arnaldo e os outros estavam apenas falando dos meus belos olhos quando...

– É, eles realmente estavam zoando...

– E aí? Eu estava inventando? Imaginando coisas?

– ...mas você zoou e zoou legal quando o Arnaldo e o irmão foram apanhados pela polícia roubando as pizzas encomendadas por vizinhos do prédio onde eles moravam. Verdade ou mentira?

– É diferente...

– E ainda tem aquela vez que o Negresco ficou entalado na roleta do ônibus e vocês encheram as medidas do coitado por um ano inteirinho. Lembra dessa ou já deletou?

– Não é a mesma coisa e você sabe muito bem disso!

– Será que só dói de verdade quando é com a gente, Herbert? – os olhos de Luís foram de um para o outro várias vezes.

– E aí? É isso?

– Bem...

– Olha, eu sei bem que muitas vezes é maldade e das grandes. Sabe como é, não? Quando o forte está caído, é fácil ser valente e dar uns chutes nele. Eu conheço muita gente que vai pra frente da televisão não para ver o time ganhar, mas para se deliciar quando o adversário leva uma goleada. Todo mundo tem lá a sua porção hiena. Muitos chegam a extremos e se convertem na própria hiena.

– Essa escola está cheia delas! – reclamou Nessa.

– A escola faz parte do mundo, querida. Tem de tudo um pouco dentro dela, inclusive hienas.

– Tá, e daí? – quis saber Herbert contrariado. – O que eu faço? Finjo que não é comigo?

– Qualé, Herbert?

– Não sabe, não é mesmo? Eu sabia...

– Bom, pra começar, para de sentir pena de si mesmo. Não fica andando por aí com essa cara de culpado, nem faça da vergonha uma profissão de fé. A culpa não é sua.

– Eu sei...

– Aí, você é um bom aluno, um bom amigo e talvez até seja um namorado dos mais razoáveis, ou não, Nessa?

Nessa sorriu, abraçando Herbert e dizendo:

– Recomendo...

Sorriram.

– Viu? – Luís piscou, divertido.

Herbert sacudiu a cabeça, ainda não totalmente convencido.

– Meu pai é um corrupto, Luís.

– Tudo bem... quer dizer, nada bem. Mas adianta ficar por aí com essa cara, adianta?

– Que cara?

Luís Gama encaminhou-se para a mesa onde deixara seus livros. Virou a cabeça, o rosto assumindo uma expressão grave, mas compreensiva.

– Você se sente mal com o que o seu pai fez? Beleza, nada mais natural, pois o que ele fez foi errado. Aliás, isso, no mínimo, prova que você não é feito do mesmo barro. Periga até crescer e se tornar um homem honesto. Gostei dessa – apontou para um e para outro, dizendo: – Dever de casa pra você, pra toda garotada e pros velhinhos que estão por aí justamente indignados com o grau de safadeza e desfaçatez de certas pessoas. Sejam honestos! Continuem honestos! Cobrem um pouco de honestidade de todos os outros depois disso!

– Você acha que quantos pensam igual a você, Luís?

– Pior pra eles se não pensarem, garoto. Pior pra eles.

– Não é tão difícil pensar assim?

– Fácil não é, realmente...

– Então, Luís...

– É difícil pra burro, Herbert! Tem muito ladrão e aproveitador neste mundo. No entanto, a honestidade é uma coisa fácil simplesmente porque é sempre individual. Não é o mundo que tem que ser honesto, mas você e apenas você. Se você for honesto e outros tantos fizerem o mesmo, talvez essa gente se junte e possamos dizer: vivemos num lugar onde a honestidade é importante.

– Hein...

Um sorriso matreiro iluminou o rosto negro de Luís Gama.

– Fica fácil exigir honestidade dos outros, não? Difícil é encontrarmos meios de cobrar de nós mesmos. Muitos sempre têm uma boa explicação ou desculpa para a pouca apreciação que sentem pela própria honestidade.

— Você está viajando, Luís — observou Nessa.

— Será?

— Parece...

— Sabe, honestidade é algo tão interessante, importante, que se impõe até mesmo pela lógica...

— Como é que é, Sr. Spock? — brincou Herbert.

— Que lógica? — interessou-se Nessa.

— Muito simples: se todos resolverem roubar, quem vai ser roubado?

Nessa e Herbert trocaram um olhar demorado de espanto.

— Ai, essa foi de doer, Luís — disse Nessa, sorridente.

Luís sacudiu os ombros num gesto de pouco-caso e pediu:

— Me processe!

Colocou os livros e os cadernos debaixo do braço e, achegando-se ao casal, virou-se para Herbert e disse:

— Aí, garoto, não se envergonhe da indignação e do constrangimento que sente pelo que seu pai fez. É até salutar, sabia? Mas sai dessa de considerá-los um fim em si mesmo. A apatia é uma bela roubada. Não leva a lugar algum. Pelo contrário, fragiliza legal, faz de alguns cínicos, irrecuperáveis, e da maioria, um mar aberto de indiferença e de disposição a viver a partir do famoso e bem tupiniquim "é assim mesmo" que justifica e por vezes dá seu silencioso apoio a tudo isso que está acontecendo por aí, na expectativa de participar da safadeza também. Entra nessa não, garoto! Os paladinos da moral e da ética neste país não são melhores do que aqueles que perseguem. São apenas mais cínicos ou mais espertos. Aliás, eles mudam toda hora de posição para manter tudo como está. O bandido de hoje pode ser o mocinho de amanhã e vice-versa. Faz diferente. Pega sua indignação e todo o constrangimento que anda queimando aí dentro e parte para um novo caminho.

– Dá para explicar melhor?

– Você estão vendo um filme e não gostam dele. O que fazem? Mudam de canal, não é mesmo?

– Isso não é um filme, Luís.

– Não, é claro que não. É melhor. É a vida real. Vamos mudá-la.

– Está nos convocando para a sua revolução, Luís?

– Sai dessa, gente. Eu sou professor de Geografia. Professor de História é que tem alma de salvador da pátria. Eu já ando muito preocupado e ocupado em não esquecer o nome da capital da Abecásia, para ainda me ocupar com revoluções. A verdadeira revolução se faz com consciência e não com armas. Quando alguém consegue separar perfeitamente o certo do errado, esse alguém está dando um salto de qualidade em sua vida e virando um cidadão. Legal essa, não?

– Ficaria lindo num discurso de campanha...

– Ainda bem que nenhum de nós é candidato a nada, não é mesmo? Aliás, a nossa desgraça são os candidatos. O excesso deles, para ser mais claro. Temos para todas as ocasiões, para todos os gostos e em todos os partidos possíveis e inimagináveis. E em grande quantidade. Todos querendo se sacrificar pela Nação... só falta a nação, claro, mas isso é detalhe, mas um detalhe que remunera bem e anda cumulado de benesses que a maioria, por sinal, não tem.

Repentinamente, a campainha soou na sala. Passos começaram a estalar do outro lado da porta.

– Ouviram isso? – perguntou Luís, apontando e olhando para o alto. – É a voz da minha consciência. Ouviram o que ela disse? "Acorda, Alice, que a turma está te esperando." É nessa que eu vou, gente!

Saiu.

CORRUPTO!

Denise parou e ficou olhando. Nenhuma novidade. Nenhuma ofensa nova. Nenhum palavrão diferente dos muitos que cobriam o muro. Não, nada tão infame, tão próximo da mais implacável condenação, da mais impiedosa humilhação, do que a simples imagem do muro coberto de pichações, daquela anônima e prolongada revolta.

Deu vontade de chorar e, depois de certo tempo, sem que se esforçasse – nem para chorar, nem para impedir que as lágrimas escorressem pela máscara de infeliz melancolia em que se convertia seu rosto –, chorou. Chorou miúdo. Baixinho.

Entregou-se às lágrimas. Entrega completa. Dor absoluta. Prostração. Incapaz de fingir, de negar o que os olhos viam e os ouvidos não mais escondiam. Sem forças para reagir ou caminhar, continuou parada, contemplando aquela infinidade confusa de palavras que se entrecruzavam e se misturavam já quase sem muito sentido, o silêncio da rua escondendo os olhares e o interesse mesquinho dos observadores de sempre, aqueles olhos que cortavam, que condenavam, que não iam além disso. Quis estar morta.

O pensamento apareceu de uma hora para outra, assustando-a, à medida que se sentia cada vez menor e mais acuada. Abandonada. Acuada por algo que não compreendia bem, por crimes que não cometera.

Aqueles palavrões... Aqueles olhares... Aqueles dedos apontados para ela, perseguindo-a para onde quer que fosse... Aqueles sorrisos... Aqueles cochichos... Aqueles interesses... Aquilo tudo que a estava deixando desorientada, apavorada, querendo correr e não sabendo exatamente do quê, não encontrando uma maneira, querendo se defender e não sabendo exatamente do quê, não encontrando uma maneira, querendo se esconder e não tendo onde se proteger totalmente, por completo. Refúgio precário. Fuga impossível.

Como alguém consegue fugir de si mesmo?

Enlouquecer, caminho viável. Gritar, gesto desesperado e nada além disso.

O portão abriu-se diante dela e o pai apareceu, tenso, olhar desconfiado indo de um extremo para o outro da rua vazia. Culpa. Desconfiança. Medo.

– Filha... – Armando rumou para ela com uma das mãos estendida, tentando alcançá-la, chamando-a para si. – O que está fazendo aqui fora?

Denise recuou, como se ele a assustasse, como se temesse até um simples toque, os olhos arregalados indo daquela mão oferecida, espalmada, estendida, para o rosto sorridente que ele apresentava com repentina bondade e carinho, como se precisasse dela.

– Corrupto... – gemeu, encarando-o, o corpo sacudido por um tremor crescente, incontrolável.

Armando parou, como se acabasse de se chocar com uma barreira sólida e instransponível erguida de um momento para o outro entre ambos.

– Como é que é?

– O senhor...

Mais uma vez a mão estendida esforçou-se para agarrar-se a ela como um náufrago se agarra à boia que lhe é atirada num mar agitado e hostil. Denise deu um salto para trás, escapando dela, mas incapaz de parar de olhá-la.

– Filha...

– Não!

– O que é isso, Denise? Você...

– Não me toque!

– Denise! – Armando agarrou-se a um dos braços dela com raiva e impaciência.

Ela desvencilhou-se com força, os olhos desgrudando-se daquela mão para o olhar intimidado do pai.

– Não me toque! Não me toque! – insistia.

A raiva e a perplexidade cresciam no olhar de Armando.

– Denise!

Ela desvencilhou-se e recuou, insistindo:

– O senhor é corrupto... o senhor é corrupto... corrupto... corrupto... corrupto...

Ele tornou a agarrá-la.

– Corrupto!

Denise esperneava e gritava feito louca. Aquela mesma palavra. A mesma raiva e inconformismo reprimidos, perpassados de medos e toda sorte de incertezas. Dúvidas. Dúvidas demais.

– Corrupto! Corrupto!

Armando desesperou-se. Olhou de um lado para o outro muitas e muitas vezes. Sabia que estava sendo observado. Olhares cruéis se multiplicando em sua mente.

Quis bater. Machucar Denise. Socar. Socar. Arrastá-la para dentro e bater nela como não conseguira bater em todos durante o dia, como se vira obrigado a engolir sorrisos falsos e tapinhas mentirosos, como se vira obrigado a engolir o entusiasmo cínico de seu advogado e a arrogância pusilânime do taxista que o levara até em casa. Bater para aliviar, libertar-se de tanta angústia e tanta raiva. Exorcizar fantasmas para não sucumbir diante da própria impotência.

Esbofeteou-a e, em seguida, encarou-a assustado com o próprio gesto. Querendo arrepender-se, pedir desculpas.

Denise emudeceu, como se seu corpo tivesse sido violentamente atravessado por uma longa e afiadíssima espada e se visse sacudido por dores das mais terríveis.

– Minha filha...

Abraçou-a com força, apertando-a com desespero contra o próprio corpo.

– Minha filhinha... minha...

Chorou.

RECOMEÇAR

Assim que viu Herbert aparecer no início do corredor e marchar em sua direção, Nessa apertando-lhe firmemente uma das mãos, quase como querendo controlá-lo, Negresco cutucou Arnaldo com o cotovelo e indicou-os com o queixo. O ar tornou-se quase que imediatamente mais denso, pesado. Peixinho quis virar as costas e ir embora, mas Akira e Bimbo, cada um segurando um de seus braços, o trouxeram de volta, Bimbo perguntando:

— Pra onde você vai com toda essa pressa, cara? Vamos deixar o Herbert se explicar.

Herbert e Nessa pararam diante deles.

— E aí, Nessa? — perguntou Negresco, muito pouco à vontade.

Ela sacudiu os ombros e a cabeça daquele jeito de quem aparenta que vai dizer muito, mas efetivamente não diz nada, desconversa. Olhou de modo apreensivo para Herbert, esperando que ele dissesse alguma coisa.

O silêncio contaminou todos e materializou-se por uns instantes numa prolongada e irritante troca de olhares. O curativo malfeito que cobria quase todo o nariz de Arnaldo separava-os obstinadamente e em seus olhos ainda se entrevia uma confusa expressão onde se misturavam raiva e ressentimento.

– Aí, esse olho-no-olho ia ficar bem legal se a gente estivesse a fim de algum lovezinho, mas agora não tá com nada, você não acha? – resmungou Akira, impaciente. – Alguém tem que começar logo... – virou-se para Herbert e, em seguida, encarou Arnaldo, insistindo: – Quem vai começar?

Herbert estendeu a mão direita para Arnaldo e falou:

– Nós podemos apertar as mãos e tentar recomeçar de onde paramos ou podemos ir em frente e cair na porrada. Você é quem sabe...

Arnaldo inclinou a cabeça para a esquerda e ficou medindo-o com os olhos, calculista, especulando, enquanto os olhares, indo e vindo pelos rostos em torno de ambos, acabaram por se fixar em Herbert, ali ficando por certo tempo.

– Acho que vou esperar meu nariz sarar para te dar uma resposta definitiva – o queixo ainda apontando arrogantemente para a frente, estendeu a mão e agarrou-se àquela que Herbert lhe oferecia. Apertaram-se forte e demoradamente, um meio sorriso aparecendo em seus lábios.

Herbert sorriu de volta.

– Amigos novamente? – perguntou.

– Acho que posso pensar no assunto...

– Pra mim está bom!

CLÍMAX

Armando o olhou mais uma vez. Estendeu a mão com determinação para pegá-lo, mas no último instante recuou, assustado, temendo a própria determinação. Continuou olhando-o, o medo entre ambos. Confuso. Todas as certezas que alimentara até então diluíram-se logo que fechou a porta atrás de si e sentou-se diante dele. Quanto mais o olhava, mais se sentia intimidado pela grandiosidade da decisão que se forçava a tomar.

O que fazer?

Não sabia.

Decisão tomada, recuava e se deixava dominar até de maneira dócil por seus temores. Ia e voltava, ia e voltava. Ora corria em sua direção, ora fugia dela. Hesitava. Desistia. Chegou mesmo a se levantar; apenas para se sentar no momento seguinte, mais uma vez determinado, convicto de que não lhe restava outra alternativa.

Tudo seria assustadoramente simples se...

Hesitação!

Não havia outra alternativa a não ser...

Dúvida!

Era algo decidido...

Medo!

Continuou espreitando-o a distância, feito animal acuado por inimigo perigoso, invencível, querendo reagir, mas certo do próprio fim.

Algo insuportável.

Ali estava ele, olhando-o de uma proximidade indesejável, oferecendo-lhe solução rápida para uma dificuldade crescente, propiciando a saída para aquele dilema angustiante, apontando generosa, mas silenciosamente o caminho, o único viável, para uma paz tão procurada quanto impossível de encontrar.

Uma decisão fácil de ser tomada. Bastava ter coragem suficiente e agarrar-se a ela. Tudo estaria resolvido numa fração de segundos.

Tornou a contemplá-la.

Browning.

197 milímetros.

0,9 quilograma.

Cano de 121 milímetros.

9 milímetros.

6 raias.

13 cartuchos.

341 metros por segundo de velocidade inicial.

Mira fixa.

Um revólver.

Suicídio.

A palavra não soava tão feia e alarmante quanto da primeira vez em que apareceu em sua mente. Uma como outra qualquer. Depois de mais algum tempo, sedutora, fascinante. Olhos de serpente. Hipnóticos como os olhos de uma serpente. O tigre devastador, mas envolvente do Blake.

Olhou para a arma. Não era nova. Nem lembrava há quanto tempo a possuía e muito menos por que exatamente a adquirira. Simplesmente a conservava guardada na gaveta. Móveis e utensílios. Algo incorporado natural e inconscientemente à família. Para aquele dia, aquele momento, aquele instante em que...

Apanhou-a e de repente enfiou o cano na boca, o suor escorrendo em bagas pelo rosto lívido e afogueado, derramando-se nos olhos, as pupilas ardendo, o corpo inteiro sacudido por um tremor crescente, incontrolável. Inferno de vida, morte e hesitação, o aço frio machucando o céu da boca, a morte roçando os longos e frios dedos em sua nuca e apertando com força suas últimas vacilações.

– Deus... – gemeu, olhos enormes, contemplando a própria decisão. – NÃÃOOOOOOOOOOOOOO!

O grito encheu o quarto quando atirou a pistola para longe – sem se preocupar em que lugar cairia. Simplesmente livrou-se dela e, assim, da morte, aquela aparição imprecisa, viscosa e insidiosa que grudara em sua consciência e toldara qualquer bom senso.

– Meu Deus, o que eu ia fazer?

Boquiaberto, olhou desorientadamente de um lado para o outro, ainda perseguindo alguma resposta. Tremia e ofegava. Exalava um suor terrível. Fedia. Gaguejava gorgorejos incompreensíveis, frutos do espanto causado pelo próprio gesto.

– O que eu ia...

Riu, um riso nervoso, o corpo sacudido pela gargalhada estrondosa que o derrubou da cadeira de costas no chão. Ficou ali mesmo, pernas para o ar, o corpo dobrando-se de tempos em tempos, os braços apertando a barriga ou procurando impedir que ela explodisse diante daquela incessante e repentina alegria, as gargalhadas espalhando-se, intermináveis, por toda a casa.

Que loucura!

PIZZA

Ele viu Denise descer rapidamente a escada, mochila nas costas abarrotada de roupas ajeitadas às pressas, e rumar para a porta. Continuou sentado diante dela e, aflito, insistiu para que ficasse. Sorriu divertido quando Cecília repetiu:

— Agora a gente tem que ficar juntos! Todos juntos!

Muito engraçado. Realmente, muito engraçado.

Não se moveu nem quando as duas começaram a discutir. Ignorou solenemente, fingindo que não era com ele.

— Vou pra casa da vovó! — berrou Denise, com raiva, batendo a porta com força ao sair.

Que fosse, pensou. Pouco se importava. Não precisava de ninguém ao seu lado. Nascera sozinho, não nascera? Poderia perfeitamente ficar sozinho pelo resto da vida.

Filhos! Quem precisa deles?

Talvez as agências de publicidade e as grifes famosas. Não lhe faziam aquela falta toda que entreviu no semblante angustiado de Cecília quando a filha lhe virou as costas e foi embora.

– Ela volta – garantiu. – Quando nós deixarmos de ser notícia de primeira página, ela volta, pode ter certeza.

– Herbert ainda não chegou também... – insistiu Cecília, passos vacilantes levando-a de volta à sala.

– Vai chegar, não se preocupe...

– Armando...

– Logo, logo, tudo vai voltar a ser como antes. Filhos em casa, amigos sobrando, dinheiro no bolso, felicidade... – Olhou de esguelha para a esposa e perguntou: – Não acredita?

Cecília agitou os braços, desorientada, o rosto transtornado pela dor e pela perplexidade. Deixou-se cair pesadamente na poltrona ao lado dele.

– Não sei, sinceramente...

– Pois nem duvide. Nós estamos no Brasil, mulher! Você já viu gente como nós ir pra cadeia por aqui?

– As coisas estão mudando, Armando...

– No Brasil? Ah, não me faça rir, mulher! As coisas aqui geralmente mudam para ficar igual ao que era antes. Não percebe? Esse é o jogo. Na verdade, nada muda. Sempre vai haver alguém metendo a mão e outros tantos para protegê-lo. São as regras do jogo...

– Não sei, não...

– Mas eu sei e sei muito bem! – explodiu Armando, contrariado. – Você é que nunca sabe de nada!

– Eles vão te prender...

– Eu sou primário, Cecília! Meu advogado me arruma um *sursis*, prisão semiaberta, redução de pena por bom comportamento, prisão domiciliar pra comer minhas pizzas como bem entender ou qualquer coisa que o valha e me mantenha soltinho, soltinho...

– O nosso dinheiro... a casa...

– Vai ser outra guerra pra tirar da gente, pode crer. Graças a Deus, este país tem muitas leis, leis suficientes para enlouquecer todo mundo e nos atirar na vala comum do esquecimento, esse patrimônio nacional... – riu da própria piada.

– Você vai ver, isso ainda acaba em pizza. Uma bela, cheirosa e das mais saborosas pizzas.

– Acha mesmo, Armando?

– Pior do que isso...

– Hein?

– Eu tenho certeza... nós estamos no Brasil ou não estamos?

ESTÃO TODOS CERTOS

Nessa estranhou o silêncio de Herbert. Não gostou dele e dos monossílabos que trocaram. Ele mal falara e, à medida que o ônibus ia parando, prisioneiro de um grande engarrafamento, a melancolia crescia em seus olhos. Imaginou que mais alguns minutos parados e ele voltaria àquele sentimento de culpa do qual ela e o professor o haviam retirado muito pouco tempo atrás.

Irritou-se. Ninguém tinha o direito de se entregar tão facilmente. Ainda pensou em repetir algumas palavras de Luís Gama, mas lhe faltava aquele entusiasmo verborrágico e a determinação envolvente do professor de Geografia.

– O que foi agora? – impacientou-se.

Herbert sorriu para ela.

– Nada – respondeu simplesmente.

Tornou a contemplar a longa e barulhenta torrente de carros, ônibus e caminhões que se arrastava penosamente para frente, buzinas e motores estrondeando de forma intermitente e irritante. Acompanhou a passagem ziguezagueante e apressada de um motoqueiro ("Pizza Rápida", lia-se nas laterais e nas costas da jaqueta de couro que usava, grandes letras vermelhas dominando o amarelo do veículo e a roupa do motoqueiro). Continuou acompanhando-o até vê-lo desaparecer na distância.

– Ainda está pensando em toda essa história envolvendo seu pai?...

– E posso pensar em outra coisa?

– Ah, não recomeça, Herbert...

– Prometo que não...

– Você não tem culpa...

– Mas isso não resolve o meu problema, resolve?

– Como assim?

– Sei que não sou culpado de nada, nem minha família é. Pra falar a verdade, talvez nem meu pai seja...

– Ah, aí já é forçar demais, Herbert. Você me desculpa, mas...

– Falo sério, Nessa. Quando muito, ele é mais um idiota que resolveu se dar bem, uma pequena vítima das circunstâncias que fazem do Brasil um território livre para tudo quanto é tipo de corrupção...

– Por favor, Herbert, discurso, não!

– Tudo bem, sem discurso! Mas de qualquer forma, ele...

– Aonde você está querendo chegar, Herbert?

– O problema não sou eu e o problema não é apenas eu ou meu pai. O problema é maior. É tão grande que, na maioria das vezes, simplesmente o banalizamos. Transformamos em letra de samba ou numa boa piada.

– E aí? O que decidiu? Vai resolvê-lo com seus superpoderes ou vai começar sua revolução no meio deste engarrafamento?

– Deixa de gracinhas, Nessa!

Nessa sorriu. Conseguiu finalmente, pois Herbert também o fizera. Preferia vê-lo daquele jeito, cheio de ideias na cabeça.

– Resolver meu problema, expiar minha culpa, sentir-me fora do que meu pai fez pode até ser bom pra mim, mas não me tranquiliza, e sabe por quê? Porque o mal continua prosperando e...

– Nossa, agora você foi um bocado dramático, hein? Afinal de contas...

– O problema é exatamente este. Nós sempre achamos que as coisas estão exageradas e começamos a minimizá-las. Decidimos que curamos o resfriado com chazinho e boa vontade e, muitas vezes, o resfriado vira pneumonia. Concordamos que o problema é sempre dos outros e, se resolvermos os nossos, azar dos outros com seus problemas. É por isso que o crime compensa entre nós. Ele acontece com os outros. Portanto, o problema é dos outros e não nosso. Quando é nosso, são os outros que não se envolvem. Somos uma nação de individualistas. Cada um corre pro seu lado e, se tudo der certo, não nos encontramos em lugar algum.

– E aí?

– Aí que cada um acha que pode fazer o que bem entender. Meu pai, por exemplo. Aposto que na cabeça dele deve passar a ideia de que, ao fraudar o INSS, ele não estava tirando dinheiro de milhões de contribuintes, mas do governo.

– Está querendo defender seu pai, está?

– Nem condená-lo. O que está me incomodando é saber como alguém como ele chega até onde chegou, como as pessoas se tornam corruptas e como muitas delas acabam se dando tão bem, apesar das evidências, sendo eleitas ou bem-aceitas. Que sociedade é esta que aceita essas coisas como normais? A culpa é da lei?

– Tem que existir um culpado?

– Não sei. Essa é outra pergunta.

– E seu pai?

Silêncio. Um demorado olhar de parte a parte. Buzinas soando aqui e ali. Silêncio. Mais silêncio.

– Estamos parecendo dois revolucionários a caminho da grande revolução que vai salvar o país – brincou Nessa.

– Bom, talvez uma revolução não seja uma má ideia...

– Quem vai iniciá-la? Eu ou você?

– Creio que toda e qualquer pessoa que saiba ver que há diferença entre o certo e o errado e que somente alguém mal-intencionado pode confundir um com o outro já iniciou a revolução dentro de si. Qualquer um que já tenha percebido que a honestidade não é uma qualidade, mas uma obrigação. Qualquer um...

– Parou, parou. Eu pedi o nome e não a descrição completa.

– A gente tem que começar. Eu já comecei...

– E seu pai?

– Ele já perdeu alguma coisa. Pouca coisa, mas perdeu. Caímos na boca do povo e nada mais destrutivo para um corrupto do que o dedo acusador de seu semelhante. Estamos divididos. Brigamos. Vivemos dando explicações. A grana que o meu pai ganhou não compensa as vergonhas que ele vem passando todo dia...

– E isso lá é condenação suficiente? Ele ainda está com a grana!

– Bom, pode ser o começo...

– Quanto otimismo!...

– Fazer o quê? A alternativa é enlouquecer ou entrar no jogo.

– Me tira dessa!

O ônibus estremeceu mais uma vez em meio ao trânsito da cidade. O ronronar preguiçoso e arrastado de incontáveis motores confundia-se com a poderosa confrontação de buzinas tão a gosto de motoristas irritados e impacientes. Um pouco depois, avançou mais um pouco para dentro da confusão de um final de tarde como outro qualquer.

O dia estava no fim.

JÚLIO EMÍLIO BRAZ

Por que escrever um livro sobre corrupção e ainda por cima para jovens? Porque a considero perniciosa à constituição de uma nação, já que se define pela visão minúscula do bem-estar pessoal em detrimento do bem-estar de todos. Nada é mais daninho que a corrupção, pois por meio dela inviabilizamos a nós mesmos e a própria existência de um país onde cada um se sinta parte e não mero espectador dos problemas cotidianos que nos afligem. Esse é um mal de ontem, de hoje e espero que não seja do futuro no qual estarão todos os jovens que lerem este livro. Na verdade, foi por causa desta esperança que este livro foi escrito.

ANDRÉ ROCCA

Sou ilustrador e diretor de arte em série para animação. Estudei na escola Quanta Academia de Artes, onde me tornei professor dos cursos de Técnicas de Pintura, Ilustração e Pintura Digital. Quando fui convidado para ilustrar este livro, ainda sem saber de qual tema ele trataria, fui surpreendido pela oportunidade de poder colaborar com uma obra tão sensível e tão tocante ao triste cenário de nossa política atual. Foi um processo criativo intenso e imersivo, de tentar entender o drama de uma família vítima de um mal tão ordinário e retratar isso nas ilustrações, tal como foi harmoniosamente muito bem feito no texto. Sem dúvida, foi uma experiência incrível.

Este livro foi composto com a família tipográfica
Chaparral Pro, pela Editora do Brasil, em abril de 2016.